Tri komšinice

Višnja Savić

Published by Višnja Savić, 2019.

TRI KOMŠINICE

First edition. June 9, 2019.

Copyright © 2019 Višnja Savić.

ISBN: 979-8224771196

Written by Višnja Savić.

Sreli smo se u prodavnici tog popodneva. Zapravo, prvo sam video njene sise. Stajala je pored korpica za voće, nagnula se napred i odabirala breskve. Nisam je odmah prepoznao. Bili smo komšije, ali nismo došli dotle da je prepoznajem po sisama. Naguzila se iznad gajbica, savila unapred i brzo odabirala breskve. Nosila je zelenu majcu bez rukava i bez brusa, i njene velike sise su skoro ispale iz nje.

Zastao sam, nisam mogao da se pomerim od pogleda na taj prizor. Zurio sam u njene sise, posmatrao kako se brzo njišu dok je grabila voće. Njena duga kosa padala je sa strane i kurac mi se digao dok sam zamišljao kako ih grabim, onako velike kao lubenice.

Trgnuo sam se kad se naglo uspravila. Stavila je voće u korpu, a onda podigla pogled ka meni. Mahnula mi je rukom, a onda je shvatila zbog čega tako stojim. Od toga se nasmešila.

"Ćao komšija. Šta radiš?"

"Evo ništa. Gledam lubenice"

Ugrizao sam se za jezik. Nisam razmišljao, to mi je prvo palo na pamet. Znala je dobro šta sam gledao. Nasmešila se zadovoljno još jednom, a onda se okrenula da ode. Ali pre toga nije odolela da brzo pogledom preleti preko mojih bedara.

Sreli smo se ponovo na kasi, a onda smo zajedno izašli iz prodavnice. Uvek bih se lepo ispričao sa njom, kad god bismo se videli, ali tog puta bilo je malo drugačije. Šalili smo se kao i uvek, ali tada je znala da mi se zbog nje diže kurac. Ponašala se koketnije, trudila se da hoda jebozovnije, dodirivala je kosu i često je sklanjala sa sisa.

Kad smo stigli ispred njene kuće, pozdravili smo se i ona je ušla. Napravio sam nekoliko koraka, a onda se okrenuo da je vidim. Stajala je ispred otvorenih vrata, i ona se okrenula da mene vidi. Nasmešila se i ušla unutra. "Ima šanse", pomislio sam.

Bili smo prve komšije, stanovali smo kuća do kuće. Maja je imala trideset i nešto godina. Bila je desetak godina starija od mene, ali sam je uvek doživljavao kao svoju vršnjakinju. Tako se oblačila, a i ponašala prema meni, kao da je mojih godina. Imala dve ćerke, mlađe od mene.

Moja dilema je bila koju bih najradije od njih tri pojebao. Sve tri su bile senzualne dugokose brinete, zgodne, sa velikim sisama i dupetom, jebozovne do bola. Izgledale su savršene za uživanje i tucanje bez prestanka.

Sonja je bila starija ćerka, malo mlađa od mene, i više je ličila na Maju. Visoka, jedra, sisata i velikih pravilnih kukova. Tamara je bila mlađa, išla je u srednju, ili je tek počela fakultet. I ona je bila lepa brineta duge kose, samo je za razliku od njih imala manje sise i bila nekako mršavija. Izgledala je kao da još nije stasala, nije došla u godine u kojima će se potpuno razviti. Ali to nije značilo da je bila manje jebozovna od njih. Imala je nadrkan pogled nekoga ko je stalno spreman za dobru jebačinu. Sve tri su bile odlične ribe, i drkao sam na sve njih.

U to vreme nisam imao ozbiljnu vezu. Radio sam dosta, po čitav dan, i nekako sam izgubio volju da se trudim i gradim neki pravi odnos. Povremeno bih smuvao neku sa posla i doveo je kući, a onda bih opet napravio pauzu. Nikad nisam imao problem da smuvam devojku za jedno veče. Daleko veći problem mi je bio da se odlučim na pravu vezu.

Kad sam ušao u kuću, napravio sam sebi večeru, a onda seo za kompjuter. Maja mi nije izbijala iz glave. Svo vreme sam pred sobom video njene velike sise kako se klate ispod majce. Kurac mi se digao dok sam mislio na to. Otišao sam na Instagram i našao njen nalog. Dok sam gledao njene slike sa ćerkama i drugaricama kako poziraju u sobama, nisam više izdržao. Izvadio sam ga i počeo da drkam. Prelazio sam dlanom polako preko kurca dok su se na monitoru smenjivale slike u minićima, helankama, kratkim majcama, maštao o tome kako svršavam na napućene komšinicine usne dok mi se ona osmehivala sa ekrana.

Slike su me dodatno napalile na nju. Ali nisu mi to bile dovoljno zanimljive da bih svršio. Setio da možda imam bolji način. Ustao sam i otišao do prozora koji gleda ka njenoj kući. Bio sam u sobi na prvom spratu, i imao sam lep pogled na njihovu kuću. I ranije bih u pogledao ka njoj, znao sam da mogu da vidim njihove sobe. Ali nikad nisam stao da gledam. Pogotovo ne sa kurcem u ruci i tako spreman da izdrkam.

U njenoj sobi na spratu nije bilo nikoga, ali u sobi ispod nje bila je Tamara. Sedela je za stolom, i gledala u laptop. Na sebi je imala belu majcu sa nekom šarenom slikom na njoj. Lice joj je bilo obasjano svetloću monitora. Povremeno bi se osmehnula dok je gledala u nešto.

Držao sam kurac u ruci dok sam je gledao. Počeo sam polako da ga drkam kad je ustala. Uzela je laptop u ruke i legla sa njim u krevet. Video sam da je nosila kratki šareni šorc. Posmatrao sam je iz profila, ležala je okrenuta bočno prema meni. Zamišljao sam kako sam sa njom u sobi, kako ležim na njoj i ulazim u njenu ribicu od pozadi.

Tamara je i dalje mirno gledala monitor, povremeno bi se osmehnula a onda otkucala nešto na tastaturi. Dopisivala se sa nekim, potpuno nesvesna da me je napalila i da drkam dok je gledam. Približio sam se prozoru, pustio da mi pantalone padnu do članaka i prelazio dlanom preko kurca. Onda sam postao svestan da i mene neko gleda.

Podigao sam pogled ka prozoru na prvom spratu, i tamo video Maju. Mirno je stajala i posmatrala me. Odmah sam prestao. Nije imala nikakvu emociju na licu. Držala je veliku šolju u ruci, izgledala je kao da je pila kafu. Samo me je gledala dok mi je kurac i dalje bio u ruci. To nije bio prekoran pogled, ali nije bio ni pogled uzbuđenja. Samo me je ćutke posmatrala. Činilo mi se kao da razmišlja o nečemu. Nisam znao koliko dugo me je gledala, i nisam znao o čemu razmišlja. Ali nije bilo dileme da me je videla, i da je dobro videla šta sam radio. Dok sam se pitao šta da radim, ona se sklonila sa prozora.

Bio sam zbunjen. Da nije možda krenula ka meni, da me prekori što sam drkao na njenu ćerku? Ili je možda ipak bila napaljena, pa se sklonila jer nije mogla da izdrži? Gledao sam ka ulici i čekao da vidim da li će da izađe iz kuće. Ništa se nije dešavalo.

Onda sam primetio kako se vrata otvaraju u sobi ispod njene. Iznenađeno sam posmatrao kako Maja ulazi unutra. Tamara se okrenula na kratko ka njoj i pokazala joj nešto na laptopu. Onda je Maja legla u krevet pored nje. I ona je legla na stomak i gledala laptop.

Nepomično sam ih posmatrao. Nekoliko trenutaka nisam mogao da verujem. Maja je dobro videla da sam posmatrao tu sobu, i njenu ćerku. I znala je šta sam radio. Ponovo sam ga uzeo u dlan i nastavio da drkam. Bio sam još napaljeniji nego pre toga. Tad sam znao da imam Majino prećutno odobrenje da nastavim.

I ne samo odobravanje. Kao da me je pozivala da drkam na njih. Ležala je pored svoje ćerke obučena u braon helanke. Njeno veliko zategnuto dupe izgledalo je još poželjnije pored Tamare. Posmatrao sam njihove guze kako se lagano njišu na krevetu, i povremeno zatresu od njihovog smeha. Tamara je podigla stopala u vazduh i vrtela njima, dok je Maja lagano i namerno pomerala bedra levo i desno. Sigurno je znala da ne skidam pogled sa njih. Stavila je dlan preko Tamarinih leđa i polako prelazila prstima preko nje.

Onda je odjednom podigla pogled ka prozoru i pogledala me pravo u oči. Iznenadio sam se, skoro da sam zaboravio da zna da ih gledam. Nikad ranije me nije tako posmatrala. Zavodljivo i jebozovno, kao da je želela da mi pomogne da što lepše svršim. Ruka mi je sama krenula ka prozoru pre nego što sam svršio. Otvorio sam ga da joj pokažem koliko me je uzbudila. Do tog dana nije ni znala da se ložim na nju, a tada sam već bez stida drkao kurac pred njom.

Maja je videla da sam otvorio prozor i pokazao se pred njom. Polako je oblizala usne. Kad se okrenula na bok i pokazala mi svoje telo, počeo sam da svršavam. Sperma je šikljala kroz prozor, letela je ka njihovom dvorištu. Drkao sam silovito, žalio sam što ne mogu da dobacim do njih, želeo sam da ih obe isprskam.

Osmehnula se kad je videla kako sperma leti sa mog prozora ka njima. Sačekala je da završim, onda se okrenula ka Tamari, poljubila je i ustala. Još jednom me je na kratko pogledala kroz prozor, a onda je izašla iz sobe ponosno i nadrkano vrckajući guzom.

Sutradan smo se ponovo sreli. Na ulici, kad sam krenuo do prodavnice. Imao sam utisak da to nije bilo slučajno. Prošao sam pored njene kuće, napravio nekoliko koraka a onda čuo kako me zove. Osmehnula mi se kad sam se okrenuo ka njoj.

”Ćao. Ideš do prodavnice?”

Ponašala se kao da se prethodnog dana ništa nije desilo. Pričali smo najnormalnije, zezali se dok smo išli ka prodavnici. Sve je bilo normalno, kao da juče nisam drkao dok me je ona gledala. Tog dana je obukla usku belu majcu, i njene velike sise su je rastezale do maksimuma. Nije nosila brus, poskakivale su dok je hodala.

Majine sise su i dalje izgledale dovoljno zategnute. Njene velike bradavice su se nazirale ispod majce i imao sam problem da se sprečim da zurim u njih. Tek kad smo ulazili u prodavnicu, primetio sam da je dole nosila uske farmerke. Ušla je kroz vrata pre mene, zavodljivo vrteći bedrima, a onda se okrenula da vidi da li je gledam.

Naravno da sam se napalio. Mislim da mi je kurac bio dignut čitavo pre podne zbog toga. Znao sam da naš susret nije bio slučajan. Izgledalo mi je kao da želi da me bolje proveri. Da ispita da li želi da mi da. Bio sam samouveren i ubeđen hoće. Samo sam se nadao da će to biti što pre. Svakih pet minuta sam dolazio do prozora da proverim da li je Maja ponovo u svojoj sobi. Nisam želeo da ga drkam dok je ne vidim.

Primetio sam je kako izlazi u dvorište. Iza kuće je imala mali bazen, i tad je polako koračala ka njemu. Na sebi je imala samo uski drap bikini. Prišao sam bliže prozoru da bolje vidim. Došetala je do ivice bazena, i mirno legla na peškir pored njega. Otkopčao sam šlic kad sam to video i uzeo kurac u dlan. Ležala je stopalima okrenutim meni. Stavila je ruke ispod glave, i činilo mi se da me posmatra iza tamnih naočara za sunce. Otvorio sam prozor ispred sebe, za slučaj da nije bila sigurna da sam tu. Da ne bi imala dilemu oko toga da li sam i dalje naložen i spreman.

Posmatrao sam njeno dugo zategnuto telo i polako drkao. Ležala je ispruženih nogu nekoliko trenutaka, a onda je savila koleno jedne noge i povukla ga ka sebi. Između njenih butina, otkrio se njen venerin brežuljak. Bio je okrenut ka meni, lepo sam mogao da vidim. Uzdahnuo sam glasno kad sam video da je zavukla prste u gaćice bikinija. I ona je drkala dok je ležala pored bazena.

Onda sam shvatio da ona verovatno želi da budem pored nje. Pretpostavio sam da može da me vidi, i mislio sam da me je na taj način pozivala. Zašto bi drkala sama pored bazena, znajući da je vidim, ako ne želi da bude sa mnom? Brzo sam navukao pantalone i sišao u prizemlje. Jedva sam čekao da uđem u nju.

Kad sam utrčao u njeno dvorište, ona već bila ustala i krenula ka kući. Posmatrao sam njena velika bedra kako se njišu u kupaćim gaćicama dok je polako hodala. Prišao sam joj i uhvatio je za dupe. Delovala je iznenađeno kad me je videla. Pomislio sam kako me možda ipak nije bila pozivala.

Ali nisam je puštao. Približio sam joj se još više. Drugom rukom sam je uhvatio za struk i okrenuo je ka sebi. Prislonio sam bedra na njenu butinu. Jednu ruku sam i dalje držao na njenom dupetu, dok sam je drugom zgrabio za pičku. Samo je ćutala dok me je mirno gledala. Nije se bunila, nije bila ljuta, znala je da ne mora da mi da. Čak mi se činilo da se smeškala, zadovoljna time što me vidi tako napaljenog.

Čini mi se da sam tad prvi put primetio da je viša od mene. Stajala je pored mene bosonoga, a opet me je gledala sa visine. Znao sam da je tog dana neću jebati. Ali sam je ipak doveo do zida njene kuće. Uzeo sam kurac u ruku i počeo da ga drkam pred njom.

Nekoliko trenutaka me je gledala dok sam to radio. Osvrnula se oko sebe, a onda ga je uzela u dlan. Primetio sam da je zadrhtala kad ga je osetila pod prstima. Gledali smo se u oči dok mi je drkala. Posmatrao sam njene velike sise koje su polako skakutale ispred mene. Kad sam probao da je uhvatim za pičku, pomerila je bedra unazad i izmakla se.

Nisam se bunio. Prijala mi je njena ruka oko kurca. Umela je da drka i bilo mi je drago što barem stojim pored nje. Njene sise u bikiniju su se sve brže klatile dok je pomerala ruku sve brže. Kao hipnotisan sam zurio u njih. Podigao sam dlan ka jednoj od njih. Nadao sam se da se neće izmaknuti. Mirno je stajala dok sam joj gnječio sise, jednu po jednu. Znao sam da ću brzo svršiti, ali sam želeo da ih pre toga vidim. Uhvatio sam bikini prstima i povukao ga na dole. Počeo sam da svršavam čim je sisa ispala. Zastenjao sam kad sam video kako je ispala iz korpice, blago pala nadole, a onda se zatalasala i poskočila nekoliko puta. Osetio sam kako počinjem da se tresem kao i njena sisa.

Nadao sam da ću uspeti da je isprskam, ali na vreme je pomerila kurac u stranu. Jedan mlaz sperme je okrznuo njenu butinu, a ostatak je izdrkala na zid svoje kuće. Svo vreme sam gledao njene sise i velike svetle bradavice.

Polizala je prste kad sam završio. Gledala me je i uživala u mojoj zbunjenosti. Na kraju je progovorila.

”Može kafa?”

Uvela me je unutra. Navukao sam pantalone i seo na kauč u njenoj dnevnoj sobi u prizemlju. Sačekao sam da donese šoljice. Ušla je u bade mantilu i sela na drugi kauč naspram mene. Prekrstila je noge i pažljivo namestila mantil preko butina. Očekivao sam da ponovo počne neku priču u kojoj ćemo da se pravimo blesavi. Ali tog dana je bilo drugačije. I dalje se nekako nestašno smeškala kad je progovorila.

”Jel bilo dobro?”

Malo sam oklevao, a onda uzdahnuo.

”Uffff... Jeste”

Zadovoljno je klimnula glavom i otpila malo kafe. Odmerio sam je pogledom.

”Imaš talentovanu ruku”

”I ne samo ruku”

Odmah je uzvratila. Bio sam siguran da je u pravu. Nije se samo hvalisala. Spustio sam šoljicu kafe na mali stočić ispred sebe.

”Pa onda... Možda bih nekad mogao da vidim i te druge... tvoje druge talente”

Samo je ćutke gledala u mene. Odmerio sam njeno veliko zgodno telo ispod mantila. Malo sam oklevao, a onda sam ustao i krenuo ka njoj. Mirno me je posmatrala dok sam prelazio preko sobe ka njoj. Seo sam na kauč pored nje. Gledali smo se dok sam joj malo raširio bade mantil. Gola butina se ponovo pojavila preda mnom. Stavio sam dlan preko nje i polako je pomerao. Bio sam odmah spreman za nju. Progovorio sam napaljeno.

"Hoću da te tucam Majo"

Nisam okolišao. Sklonila mi je dlan i ponovo zakopčala mantil.

"Možda bi i mogao. Nikad se ne zna. Ali bi pre toga morao nešto da mi učiniš"

"Šta? Šta god ti treba..."

"Videla sam te juče na prozoru, gledao si Tamaru"

"Jesam"

"I drkao si"

Malo me je iznenadila ta reč iz komšinicinih usta. Gledala me je širom otvorenih očiju, očekujući da odgovorim.

Ćutao sam. Šta sam moga da joj kažem, sve je videla. Otpila je gutljaj kafe.

"Jel bi tucao ti nju?"

Ponovo me je iznenadila. Gledala me je mirno, kao da me je pitala da li mi se sviđa neka košulja. Izgledala je kao da je stvarno zanima odgovor.

"Što pitaš?"

"Hoću da znam"

"Pa ona ti je ćerka"

"Nije moja, to je ćerka mog bivšeg muža. Koji je sad u Americi. Ako ponovo nije odselio negde, ko zna gde je..."

To mi je objasnilo zbog čega nije ličila na nju. Malo mi je laknulo.

"Pa onda...", nasmejao sam se, "Jebiga, tucao bi je"

"Super", potapšala me je po butini, "Kad budeš tucao nju, tucaćeš i mene"

"Šta?"

Otpila je malo kafe pre nego što je odgovorila. Uživala je u tome što je uspela da me zbuni.

”Slabo se druži sa muškarcima. Malo sam zabrinuta zbog toga. Sad završava srednju školu, a mislim da je još uvek nevina”

Očekivao sam da mi svakog trenuka kaže da se šalila. Čekao sam da se nasmeje i progovori nešto tipa ”što si se primio”. Ali ćutala je i mirno me gledala.

Ne samo što Maji nije smetalo, nego me još i molila da joj tucam ćerku? I kao nagradu, nudila mi je sebe. Kako sam mogao da joj odbijem takvu pomoć?

Pre nego što sam bilo šta odgovorio, ulazna vrata su se otvorila. U kuću je ušla Sonja. Bila je obučena u šarenu letnju haljinu, sa dubokim deholteom. Posmatrao sam njene sise koje su se slobodno lelujale ispod haljine dok je koračala ka nama.

Pozdravila nas je, malo popričala sa svojom mamom a onda otrčala stepenicama na sprat. Pratio sam je pogledom, gledao sam u njene velike sise koje su skakale na sve strane dok je trčala. Onda sam se okrenuo ka Maji.

”A jel mogu Sonju da tucam?”

Odmah je odmahnula glavom.

”Ne. Dogovor važi samo za Tamaru. Sa Sonjom radi šta god hoćeš. Ako ti ona dozvoli. To je između vas. Vaša stvar. Ali ja neću da znam ništa o tome”

Razumeo sam je. Ona je bila njena prava ćerka. Uzdahnuo sam i ustao.

”Dobro, znači...”

”Znači, šta god radiš sa Tamarom, radićeš i sa mnom”

Ustala je. To je bio znak da krenem. Kad sam stao pored nje, već sam video sebe kako je tucam. Stavio sam ruku na njen struk, a onda polako spustio dlan na njeno dupe. Pogledala me je, onda se izmaknula i krenula ka vratima.

”Samo da znaš, neće ti biti lako kako ti sad izgleda”

Na vratima sam se setio.
"Kako ćeš znati da te ne lažem?"
Na trenutak je razmišljala, a on slegla ramenima.
"Napravi neku sliku"

Sutradan sam odlučio da ne odem na posao. Umesto toga, sačekao sam da vidim kad Tamara kreće u školu, pa sam izašao za njom. Lepo me je pozdravila na stanici, a onda je pitala.

”Otkud ti autobusom?”

”Kola su mi na popravci”, slagao sam.

Malo smo popričali dok smo čekali autobus. Nije bila pričljiva, ili nije znala o čemu bi sa mnom pričala. Tek tad, dok sam stajao pored nje i osećao njenu stidljivost, setio sam se da sam joj se nekad ranije sviđao. Kad god bih izlazio u grad, prolazio sam pred nje i grupe njenih drugarica. Njihov veseli razgovor bi uvek zamro kad bih se približio. Devojčice su gledale naizmenično u mene i u nju, a ona je stidljivo spuštala glavu.

Nisam ni malo obraćao pažnju na to. Ona je uvek bila klinka. Toga sam se setio samo zbog toga što sam na njoj video isti stidljivi pogled, i isto spuštanje glave. Osim što je tad malo porasla. I što sam znao da hoću da je pojebem.

Odmeravao sam je krišom dok smo stajali. Imala je bele helanke, neku crvenu majcu sa cvetićima, i belu mrežastu majcu bez rukava preko toga. Kurac mi se bio toliko digao da sam mislio da to svi na stanici primećuju.

U autobusu koji je stigao bila je gužva. Čim smo ušli unutra pribio sam se uz nju. Želeo sam da oseti da je želim. Prislonio sam dlan uz njen i pogledao je. Gledala je nepomično kroz prozor. Nije ničim pokazala da oseća moje prste kako polako dodiruju njene.

Kad smo stigli do njene stanice, stavio sam ruku oko njenog struka i približio joj se.

”Danas uzimam kola iz servisa, to je blizu tvoje škole. Hoćeš da dođem po tebe?”

Osetio sam kako je malo uzdrhtala od dodira. Nekoliko trenutaka je gledala kroz prozor. Malo je razmišljala, a onda se verovatno setila šta vozim. Prevagnula je želja da ispadne riba pred drugaricama.

”Pa može”

U dogovoreno vreme parkirao sam ispred škole i izašao napolje. Naslonio sam se na kola i čekao. Zvono se začulo i nedugo nakon toga primetio sam je među đacima. Bila je sa drugaricama. Zastale su na nekoliko koraka od kola, a onda im je ona mahnula i krenula ka meni.

Klinke se nisu pomerale. Gledale su ka meni i kolima. Nisam znao šta im je više privuklo pažnju. Sačekao sam da mi Tamara priđe, a onda joj stavio dlan na struk i poljubio je. Iskoristio sam priliku da spustim dlan i blago je uhvatim za dupe. Video sam da je pocrvenela, ali se ipak smeškala. Na kratko je stidljivo pogledala ka drugaricama, da proveri da li su videle to. Onda je otvorila vrata i ušla.

Kad smo seli u kola, okrenuo sam se ka njoj.

"Izvini, nadam se da ti nije smetalo. Tvoje drugarice su nas gledale, pa sam te poljubio. Mislio sam..."

"Ne smeta mi", prekinula me je.

I dalje je bila malo crvena u licu. Izgledala je kao da nije želela da priča o tome. Ali video sam da joj je prijalo. I poljubac, a i to što će narednih nedelju dana biti glavni predmet priča u školi.

Ćutali smo dok smo se vozili. Povremeno bih u tišini stavio dlan preko njene butine. I meni se toliko svidelo što sam pored nje, da sam se kasno setio da je pitam.

"E, oćeš da odemo na neko piće?"

"Evo već smo skoro stigli"

"Možemo onda neki drugi put?"

"Možda. Dogovorićemo se"

Izašla je iz kola i otrčala ka kući. Gledao sam za njom i znao da ova usluga za Maju neće ići tako lako.

Dok sam uveče razmišljao kako da smuvam Tamaru, povremeno sam dolazio do prozora i gledao u njenu sobu. Ili nije bila u njoj, ili je samo sedela pored kompjutera. Rasejano sam je posmatrao. A onda sam primetio da ispred njihove kuće dolazi neki muškarac. Znao sam da Maja ima nekog momka, ili samo jebača, i da je on povremeno dolazio.

Nikad pre toga nisam obraćao pažnju. Sad mi je odjednom postalo zanimljivo.

Otvorila mu je vrata i uvela ga u kuću. Video sam da se svetlo u njenoj sobi pali, a onda su njih dvoje ušli unutra. Odmah su se strasno poljubili. Bilo je jasno da sledi jebačina.

Kad su prestali da se ljube, Maja je prišla prozoru. Na sebi je ponovo imala kućni mantil. Podigla je ruku ka zavesi. Očekivao sam da je navuče na prozore. Umesto toga, raširila ih je još više u stranu. Uzdahnuo sam kad sam to video.

Znala je da ih gledam, i želela je da mi to olakša. Zastala je pored prozora i pogledala ka meni. Na kratko je krišom od svog momka raširila mantil i nasmešila mi se. Ispod je nosila bele čarape sa žabicama, halter i beli brus. Očigledno se bila dobro pripremila za provod.

Odmah sam otkopčao šlic. Želeo sam da joj pokažem da sam i ja spreman. Maja je ponovo zatvorila mantil, pa se okrenula ka svom tipu. Kad je i njemu pokazala ono što je i meni, prišao joj je. Video sam kako je obema rukama napaljeno zgrabio za sise. Gledala ga je u oči dok mu je otkopčavala šlic.

Njemu se izgleda žurilo. Stavio je brzo kondom i gurnuo je na krevet. Maja se okrenula bočno ka meni, on je legao iza i nabio ga u nju od pozadi. Jebao je brzo, kao da je bio jako napaljen. Maja me je posmatrala sve vreme dok je jebao. Spustila je kapke na pola očiju i tresla na krevetu razdvojenih usana. Video sam da je brzo i uzbuđeno disala. Nikad ranije je nisam video napaljenu. Izgledala mi je još lepše tako.

Gledao sam njene velike sise. Brus je bio mali za njih i da je samo stajala u njemu. Sa svakim pokretom njenog tela sise su sve više ispadale. Njene lepe bradavice su već potpuno virile iz korpica. Očekivao sam da svakog trenutka vidim cele sise napolju.

Ali to se nije desilo. Tip iza njenih leđa je svršio pre toga. Zabio ga je u nju, a onda se zatresao dok se praznio. Izvadio ga je, skinuo kondom i obrisao se. Onda joj je prišao i poljubio je. Izgledalo je kao da joj se pravdao pre nego što je brzo izašao napolje.

Maja ga nije pratila. Nije ni ustajala. I dalje je ležala na boku, napaljena i spremna. I sama. Pitao sam se da li mene čeka, ili me je samo zezala i ložila, kao pored bazena. Dvoumio sam se samo trenutak. Već sledećeg trenutka trčao sam niz stepenice i žurio ka njenoj kući.

Ušao sam kroz otključana vrata i krenuo na sprat. Išao sam polako, nisam znao da li su Sonja i Tamara tu. Stigao sam do Majinih vrata, uzdahnuo i ušao unutra. Bila je u istoj pozi u kojoj sam je pre toga video. Sad sam je i čuo, duboko je i uzbuđeno disala. Njen dlan bio je između nogu. Okrenula se ka meni kad sam ušao.

"Dođi", prošaputala je.

Svukao sam pantalone sa sebe i popeo se na krevet iza nje. Bio sam uzbuđen ne samo jer sam ležao pored nje. Bilo je uzbudljivo biti na mestu koje sam do malo pre toga posmatrao.

Povukla je stopalo ka sebi i podigla nogu još više. Uhvatio sam je za butinu ispod kolena i gurnuo kurac između njenih nogu. Uzela ga je u dlan i sama ga stavila u pičku. Zastenjala je glasno kad ga je osetila u sebi. Po prvi put sam čuo njen uzdah strasti. Prsti su mi se od toga više stegli na njenoj butini, kurac u njoj mi je postao tvrđi.

Gurnuo sam joj do kraja i počeo da je jebem. Osetio sam se malo čudno što je tucam odmah posle njenog tipa. Nisam znao da li se jebe sa mnom zato što me želi, ili sam tu bio samo da bih završio posao prethodnog jebača. Ali bilo je uzbudljivo videti je tako spremnu za jebanje. Nije ni menjala pozu između dva jebanja, delovala je raspoložena da primi dva kurca jedan za drugim.

Po prvi put sam je video napaljenu. Dlanom je brzo drkala pičku. Gledao sam njeno veliko i oznojano telo ispred sebe. Poskakivala je u krevetu dok sam ga snažno nabijao u nju. Uhvatio sam je za mišicu i povukao je ka sebi. Želeo sam da bolje vidim njene sise. I dalje su se talasale u brushalteru, kao kad sam je gledao kroz prozor. Njene nabrekle bradavice su virile ispod. Pozivale su da ih oslobodim i dodirnem.

Pružio sam ruku, brzo povukao korpice na dole i uhvatio je za sisu. Zastenjao sam glasno od sreće kad sam je osetio u ruci. Počeo sam brže da je jebem. Čuo sam je ispred sebe.

”Ohhhh komšija... Kako imaš dobar kurac... Kako me dobro jebeš”

Uzbudio me je strastveni i promukli zvuk njenog glasa. Napaljeno sam gnječio njenu sisu dok sam se snažno nabijao u nju. Maja je počela da svršava.

”Jebi me brže, tako... Tako je dobro... Uhhhhh”

Slušao sam je i brzo je bedrima udarao po dupetu. Zastenjao sam i očekivao da počnem da svršavam.

Onda mi se učinilo da sam čuo zvuk otvaranja vrata. Okrenuo sam glavu i video Sonju. Promolila je glavu i stajala tamo raširenih očiju dok nas je gledala. Brada joj se spustila od iznenađenja. Lepo je mogla da vidi Majino golo telo, raširene noge i mene kako guram svoj veliki kurac u nju od pozadi. Očekivao sam da odmah pobegne kad nas je videla. Ali samo je nepomično stajala tamo. Posmatrala nas je i slušala Majine glasne uzdahe i njenu napaljenu priču o mom kurcu.

Nisam prekidao da je jebem, ništa me ne bi zaustavilo. Gledao sam Sonju u oči, a onda sam počeo da svršavam.

Izvadio sam ga iz Maje i okrenuo je na leđa. Opkoračio sam je i drkao iznad njenih sisa. Uzeo sam jednu u dlan i počeo da je prskam. Gledao sam kako sperma zaliva njeno lice i sise. Glasno sam zastenjao dok sam se izlivao na Majino telo. Želeo sam da Sonja to čuje. Zatvorio sam oči i zamišljao kako i nju prskam tu na krevetu.

Kad sam otvorio oči, video sam Majino lice oblliveno spermom. Prstima je razmazivala tečnost po usnama i zadovoljno se smeškala. Spustio sam se niže i prislonio kurac uz njene usne. Otvorila ih je i uzela ga u usta. Vlažnim dlanovima mi je milovala butine. Cuclala ga je i oblizivala dok me je gledala u oči. Onda ga je izvadila i potapšala me po butini.

”Ajde sad, moraš da ideš”

Okrenuo sam se ka vratima. Sonja je otišla. Dok sam se oblačio, Maja je i dalje bila na krevetu. Oslonila se na laktove i gledala me.

”Ovo je bilo neplanirano. Računaj kao da sam te častila. Znači, naš dogovor za Tamaru i dalje važi. Nema ništa više dok sa njom ne rešiš. Moraš lepo da je vaspitaš”

”Naravno”, klimnuo sam glavom.

Kad sam stigao do vrata, okrenuo sam se ka njoj. Ležala je gola, raširenih nogu, sa sisama koje su se i dalje svetlucale od moje sperme. Bio sam spreman da je opet pojebem, samo da je to tražila.

”Dobra si pička Majo, jedva čekam naš sledeći put”

Gledala me je u oči, ali nije ništa rekla. Progovorila je tek kad sam otvorio vrata.

”Pazi kad izlaziš, Sonja je tu, bolje da te ne vidi”

Kad bi samo znala, pomislio sam.

Prošao sam pored Sonjinih zatvorenih vrata i oslušnuo. Kad nisam čuo ništa, izašao sam iz kuće.

Sutradan popodne samo ponovo kolima došao ispred Tamarine škole. Dok sam je čekao, setio sam se Sonje, i kako nas je prethodnog dana iznenađeno gledala. Ona i ja smo imali malu istoriju. Nekoliko godina pre toga, sreli smo se slučajno na nekoj žurci naših zajedničkih prijatelja. Zapričali smo se, malo i popili, i onda počeli da se vatamo na nekom krevetu. Bez puno razmišljanja. Nakon toga sam je poveo kući. Nadao sam se da ćemo se jebati.

Kad smo stigli u naš komšiluk, uhvatila me je za ruku i povela iza svoje kuće. Stali smo na isto ono mesto pored bazena na kome mi je njena keva drkala kurac.

Otkopčala mi je šlic dok smo se ljubili u dvorištu. Izvadila je kurac i počela da ga drka. Otkopčao sam joj šlic i zavukao ruku u gaćice. Drkali smo jedno drugom u tišini dok smo se gledali u oči u polumraku.

Svršio sam prvi. Kao i njena mama, uspravila mi je kurac ka kući i njime isprskala zid. Sačekala je da svršim, a onda se naslonila na zid i privukla me ka sebi. Uzela je kurac u dlan i prislonila ga uz klitoris. Brzo ga je pomerala po sebi dok me je gledala u oči. Glavić mi je postao vlažan od njenih toplih sokova. Osetio sam kako mi kurac raste u njenom dlanu. Kad je počela da svršava već je bio sasvim čvst i spreman za još.

Stajali smo jedno ispred drugoga. Držala je moj kurac među prstima, ispred svoje orošene pičke i duboko disala. Osetio sam njene tople usmine na svom glaviću. Probao sam da ga gurnem u nju. Zaustavila me je dlanom i odmahnula glavom. Navukla je farmerke ponovo na sebe, i brzo ušla u kuću.

Uzdahnuo sam kad sam se setio toga ispred škole. U to vreme, nadao sam se da ću imati novu priliku, i da će mi dati da je jebem. Ali to se nikad nije desilo. Narednih nekoliko dana se pravila da me jedva poznaje. Kao da se stidela onoga što smo radili. Trebalo je da prođe dosta vremena pre nego što je ponovo počela da se ponaša prirodno u mom društvu. Ali nikad više nismo bili tako bliski. Sve dok nije videla kako prskam njenu kevu.

Zvuk zvona mi je prekinuo razmišljanje. Izašao sam iz kola i sačekao da Tamara izađe sa drugaricama. Ponovo sam je poljubio, zbog publike, otvorio joj vrata i seo pored nje u kola. Dok smo se vozili, kurac mi se još nije spustio od razmišljanja o Sonji. Dlan mi je ponovo bio na Tamarinoj butini.

"Oćeš da odemo sad na piće negde?"

Nadao sam se da bismo barem mogli da se povatamo. Odmahnula je glavom. Rekla je da mora kući.

Odjednom mi je sve izgledalo beznadežno. Shvatio sam na šta je Maja mislila kad je rekla da to sa Tamarom neće biti lako. A znao sam da mi neće dati da je jebem, sve dok mi njena klinka ne bude dala bar nešto.

Sklonio sam dlan sa Tamarine butine i potražio njen dlan. Uzeo sam je za ruku i stavio joj dlan između mojih nogu. Tek da zna da je ne vozim iz škole zato što sam dobar komšija.

Malo se trgnula kad je osetila tvrdi kurac pod prstima. Držao sam joj dlan nekoliko trenutaka, da se ne bi povukla, a onda sam je pustio da sama odluči. Nije sklanjala svoj dlan sa kurca sve dok nismo stigli kući. Čak ga je usput polako i milovala dok smo se vozili.

Parkirao sam kola ispred kuće pa smo izašli napolje. Video sam da Sonja ide ulicom ka nama. Tamara me je samo kratko pozdravila i odmah krenula ka kući. Zaustavio sam je. Uhvatio sam je za članak ruke i povukao ka sebi. Želeo sam da nas Sonja vidi zajedno.

Zbunjeno je zastala na ulici kad nas je primetila. Približio sam se Tamari i poljubio je u obraz. Malo je pocrvenela i zbunjeno se nasmešila. Gledao sam za njom dok je ulazila u kuću, a onda sam pogledao ka Sonji. Hteo sam da budem siguran da je to videla. I dalje je samo stajala i posmatrala me dok sam ulazio u svoju kuću. Prethodne noći me je videla kako strasno ulazim u njenu mamu, a sad kako ljubim njenu sestru. Ko zna šta joj je sve prolazilo kroz glavu.

Posle večere sam uključio televizor. Odsutno sam menjao kanale i pitao se da li da izađem u grad. Već sam bio uzeo telefon u ruku. Dok sam razmišljao o tome koga bih mogao da pozovem na piće, nekako sam došao do prozora ka kući komšinica.

Nisam bio očekivao da mi Maja priredi novi šou posle onog jebanja, a Tamara verovatno nije bila u sobi. Bio sam u pravu, na njihovima prozorima se ništa nije dešavalo. Ali me je pogled na treći prozor iznenadio. Sonja je stajala naslonjena na njega i pušila. Mislio sam da tu stoji da ne bi pušila u kući. Ali kad me je videla, izgledalo je kao da me je čekala. Pokazala je prstom na mene, onda me je pozvala kažiprstom i pokazala da dođem ispod njenog prozora.

Klimnuo sam glavom. Nisam znao šta je htela, ali ionako nisam imao neka pametnija posla. Pretpostavljao sam da će da me kritikuje što se družim sa Tamarom. Verovatno je zanimalo šta se dešava, pa je htela da proveri.

Dok sam stigao tamo, već je stajala ispod prozora. Nije delovala besno. Uzela me je za ruku i povela iza kuće. Stali smo ponovo pored onog zida, gde smo nekoliko godina pre toga zajedno drkali. Onog zida koga sam uredno dva puta zalio spermom. Mislim da me je namerno baš tamo dovela. Pogledala me je u oči.

”Jel si ti zaboravio na mene?”

Pogledao sam je i tek tad video da je napaljena. Toliko sam očekivao kritiku da to nisam odmah primetio. Gledala me je gladnih, širom otvorenih očiju dok je stajala ispred mene i čekala reakciju. Imala je usku bodikon haljinu, koja je jedva pokrivala polovinu njenih butina. Njeno zgodno telo me je čekalo ispod rastegljive tkanine. Obuhvatio sam je oko struka i prišao joj.

”Naravno da nisam”

Dok smo se ljubili, uzela mi je dlan u ruku. Zavukla ga je ispod haljine. Pod prstima sam mogao da osetim njenu toplu vlažnu mačkicu. Nije nosila gaćice. Nije se bila spremila za puno romantike. Zadigao sam joj haljinu do struka dok mi je ona otkopčavala šlic. Bio sam spreman za nju od kako sam se tog dana setio kako mi je izdrkala. Godinama sam čekao da je pojebem.

Naslonila se na zid i malo raširila noge. Grčevito me je stezala oko vrata. Šaputala je dok sam ulazio u nju.

”Jebi me, molim te, jebi me”

Gurnuo sam ga snažno u nju kad sam to čuo. Glasno je zastenjala. Zakolutala je očima. Izgledala je kao da će se onesvestiti od uzbuđenja. Naslonila je glavu na moje rame i ćutke trpela moja nabadanja. Samo je tiho zastenjala svaki put kad bih ušao u nju. Bila je moje visine, ali je imala isto telo kao i njena mama. Držao sam njene obe sise u dlanovima i lagano ih gnječio. Bile su zategnutije, ali iste veličine i oblika kao Majine.

Uzbudio sam se još više kad sam se setio da Sonji nije smetalo da vidi kako sam prethodnog dana jebao Maju. Možda je taj prizor i naložio. Zamišljao sam kako bi bilo da ih obe pojebem istovremeno. Sonja je osetila da sam blizu vrhunca.

”Svrši unutra, nemoj da ga vadiš”

Pogledao sam je. Gledala me je širom otvorenih očiju. Izgledala je kao da je stvarno želela da me potpuno primi. Počeo sam da svršavam dok smo se gledali u oči. Sonja je spustila dlan dole i trljala se brzo dok sam je punio spermom. Oboje smo glasno stenjali i uživali jedno u drugom.

Izvadio sam ga kad sam završio. Ona je odmah kleknula i uzela ga u usta. Spustio sam jedan dlan na njenu kosu i pogledao je dok ga je polako cuclala. Spustila je jedno koleno na beton, malo raširila noge i nastavljala da drka. Znao sam da ću je uskoro tucati još jednom ako nastavi taj rad sa usnama.

A onda sam začuo korake. Neko je dolazio pored kuće u dvorište. Trenutak kasnije, svetlo se upalilo. Tamara je stajala pored prekidača. Malo se iznenadila, a onda se nasmešila kad me je videla. Krenula je ka meni, i tek tad primetila Sonju koja je bila sakrivena od njenog pogleda iza stola. Iznenađeno je raširila usne dok nas je posmatrala. Odjednom sam stajao potpuno osvetljen, spuštenih pantalona, sa kurcem u ustima njene sestre. Sonja izgleda ništa nije primetila, bila je potpuno zaokupljena pušenjem i trljanjem pičke.

Tamara je zapanjeno posmatrala scenu nekoliko trenutaka, a onda je brzo ponovo ugasila svetlo. Okrenula nam je leđa i pošla nazad. A onda je zastala u pola koraka. Ponovo se okrenula i vratila ka nama.

Gledao sam je dok se stajala naslonjena na zid. Video sam njene raširene oči, svetlucale su u mraku. Osetio sam kako mi kurac brzo raste u Sonjinim ustima. To je osetila. Prestala je da puši i podigla pogled ka meni. Uhvatio sam je za lakat i podigao je gore. Jednim potezom sam joj svukao haljinu sa sisa. Odskočile su nekoliko puta na njenom telu kad sam ih oslobodio. Gledao sam njene nabrekle bradavice i video da su i one kao Majine. Lepe, ružičaste i sočne. Zgrabio sam sise u ruke i čvrsto ih stegnuo dok sam ih gledao.

Onda sam je okrenuo ka zidu i gurnuo napred. Čim se naguzila ispred mene, nabio sam ga u nju od pozadi. Oslonila se jednim dlanom na zid, dok je i dalje drkala zatvorenih očiju. Pogledao sam ka Tamari. Nije se pomerila sa svog mesta. Guzio sam Sonju i pitao se šta bi se desilo ako bih pozvao Tamaru da nam se pridruži. Da li bi pristala? Da li bih smeo da ih izjebem obe?

Sonja još uvek nije ni bila svesna da je Tamara pored nas, glasno je stenjala i zatvorenih očiju uživala dok sam je guzio.

Uhvatio sam je za dugu kosu. Povukao sam je ka sebi, a onda u stranu. Okrenula je glavu ka Tamari i otvorila oči. Na trenutak je delovala iznenađeno. Sigurno nije očekivala da je vidi tu pored nas. Ali nije ništa rekla. Odmah nakon toga se opustila i nastavila da uživa. Izgleda da joj nije smetalo što nas je Tamara gledala.

Ponovo je savila glavu, glasno je dahtala dok je drkala sve brže. Ubrzo je počela da svršava. Glasno je stenjala. Namerno je bila glasnija zato što je Tamara bila pored nas. Znao sam da joj je bilo krivo što me je tog dana videla sa Tamarom. Tad je mogla da se pravi važna, zbog toga što se ipak jebem sa njom. Podigla je jednu nogu na sto i brzo trljala klitoris. Zabacila je glavu unazad, zatvorila oči i stenjala.

Izvila se ka meni kad je svršila. Gledala me je dok sam ja nastavljao da je guzim. Pustio sam joj sise da slobodno skakuću. Jednom rukom sam je i dalje držao za kosu, dok sam drugom stezao haljinu koja je bila skupljena oko njenog struka. Izgledao sam kao jahač koji kroti neku divlju jebačicu. Lupio sam je dlanom po dupetu, a onda je ponovo uhvatio za struk. Sonja je tiho stenjala dok je kurac sve brže ulazio u nju.

”Svrši unutra”, ponovila je.

Mislim da je ponovo htela da se pravi važna pred Tamarom. Ali ja sam hteo da Tamari pružim drugi šou. Izvadio sam ga iz nje i povukao je za kosu dole. Okrenula se ka meni. Prvo se savila u struku ispred mog kurca, a onda je kleknula.

Pogledao sam u Tamaru koja je zapanjeno gledala kako sperma zaliva Sonjine sise. To sigurno nikad nije videla. Podigao sam kurac i jednim mlazem isprskao i njeno lice, a onda sam joj ga nabio u usta. Zadovoljno je zamumlala kad ga je čitavog progutala.

Držala ga je u sebi i nakon što sam svršio, sve dok između usana nije osetila da postaje mekši. Progutala je ostatke sperme i izvadila iz sebe. Nasmešila mi se kad je ustala. Oboje smo se okrenuli ka Tamari, ali više nije bila tamo. Sonja je ustala i spustila haljinu preko bedara. Pogledala je sise, malo razmazala spermu po njima, pa je povukla haljinu i preko njih. Podigla je pogled ka meni.

”Ovo smo trebalo odavno da uradimo”

Sutradan sam se tek bio probudio kad me je Maja zvala.

"Jel si uradio nešto sa Tamarom juče?

Osetio sam želju u njenom glasu. Bila je napaljena, i nadala se da se nešto desilo. Tako bi i ona nešto dobila.

"Nisam. Ali biće nešto uskoro"

Ni sam nisam verovao u to.

"Onda ništa, nema veze"

"Kako ništa? Ne mogu da dođem?"

"Ne bih da ti ukidam motivaciju da je smuvaš"

Hteo sam da kažem nešto, ali onda sam shvatio da je ozbiljna. Sačekala je nekoliko sekundi, a onda je dodala.

"Za jedno pola sata, možeš da se pojaviš na prozoru ako hoćeš"

Doručkovao sam, skuvao kafu i pola sata kasnije prišao prozoru sa šoljom kafe u ruci. Doneo sam stolicu i seo na nju. Na njenom prozoru se ništa nije dešavalo. Pretpostavio sam da je pozvala svog tipa, kad već nije mogla mene. I da je želela da to vidim. Ali zavese su bile navučene. Dok sam srkao kafu, pitao sam se da li je zaboravila.

A onda se zavesa odjednom raširila. Pojavila se na prozoru visoko dignutih ruku i razvukla zavesu u stranu. Bila je već gola do pojasa, i njene velike sise su poskakivale dok je to radila. Oslonila se bedrima na prozor i uhvatila se za sise. Naizmenično ih podizala gore dole dok je gledala u mom pravcu.

Nagnula se napred i naslonila laktovima na ivicu prozora. Pustila je da sise slobodno vise ispod nje. Znala je da niko drugi nije mogao da je vidi osim mene.

Ponovo je podigla ruke, uhvatila je zavesu dlanovima i navukla je iznad sebe. Zavesa je prelazila preko njenih leđa, i samo je gornji deo njenog tela bio vidljiv.

Video sam kako je naglo malo poskaknula napred. Zatvorila je oči. Odmah sam znao da je to neko ušao u nju od pozadi. Maja je ponovo otvorila oči i pogledala me. Njeno čitavo veliko telo počelo je da se brzo pomera. Ustao sam kad sam to video. Stavio sam šolju kafe na prozor, otkopčao šlic i uzeo kurac u ruku. Drkao sam kurac i pio kafu dok sam je gledao kako se jebe.

Da se njeno telo nije onako drmusalo, neko bi pomislio da je samo uživala u jutarnjem Suncu na prozoru. Ali ona je uživala i u kurcu koji se snažno od pozadi nabijao u nju. Posmatrao sam njene sise kako veselo skakuću ispod nje i drkao. Maja je i dalje gledala u moj prozor dok se jebala. Kao da mi je govorila ”tucaj Tamaru i imaćeš me”.

Između zavese se odjednom pojavila muška ruka. Čvrsto je zgrabio za kosu i povukao ka sebi. Maja se povila na gore i uspravila. Druga ruka je zgrabila za sisu. Neko je snažno gnječio dok je jebao. Skoro da sam postao ljubomoran kad sam to video. Došlo mi je da viknem ”lakše malo majstore”. Ali Maja je izgledala kao da uživa. Skakutala je na prozoru sve brže, sve dok je ona ruka nije povukla ka sebi.

Nisam više mogao da je vidim. Pretpostavio sam da je prskao iza zavese. Popio sam kafu i sačekao da vidim kad će izaći iz njene kuće. Kad sam ga video kako seda u kola, sišao sam niz stepenice. Nije bilo šanse da drkam sam u kući dok je Maja bila gola u svojoj sobi.

Došao sam do njenih vrata i probao da ih otvorim. Pozvonio sam. Znao sam da joj ćerke nisu tu. Kad ih je otvorila delovala je iznenađeno. Na sebi je imala bade mantil, visoke štikle, a kosu je već vezala u rep. Nisam čekao da mi bilo šta kaže, samo sam pored nje odmah ušao u kuću.

Uhvatio sam je jednom rukom oko struka i poljubio. Kad sam počeo da joj razvezujem kajš, probala je da me gurne.

”Šta radiš?”

Već sam joj raširio mantil. Gurnuo sam kolena između njenih butina.

”Ne mogu da čekam”

Dok sam ga vadio, ona se i dalje pretvarala.

”Nemoj, ne mogu sad”

Znao sam da glumata. Da stvarno nije htela, mogla je da me odgurne, a bilo je dovoljno samo da se uspravi. Na onim štiklama, bila je previše visoka za mene. Ali stajala je naslonjena na zid. Blago povijenih kolena, spremna da ga primi.

”Nemoj, Sonja je tu, videće nas”

Neko vreme me je gurala, a onda više nije mogla da glumi, pa se nasmejala. Raširila je noge i pustila me da ga gurnem u nju. Stavila je ruke oko mog vrata i zastenjala dok je ulazio. Sačekala je da se malo opustim, a onda je ponovo rekla.

”Samo, nisam se zezala. Sonja je stvarno u svojoj sobi”

Pogledao sam ka njenim vratima. Jebali smo se u predsoblju, i Sonja je svakog trenutka mogla da izađe i da nas vidi. Slegnuo sam ramenima.

”Nema veze. Možda dobije inspiraciju da mi i ona da”

Nastavio sam da je jebem. Maja nije bila raspoložena za tucanje kad sam došao, ali sa svakim mojim novim ulaskom u nju, sve više je bila spremnija. Ali što je više bila uzbuđena, to je češće gledala ka Sonjinim vratima. Onda više nije izdržala. Uspravila se, podigla još više na prste i izvadila kurac iz sebe.

”Nemoj ovde... izaći će”

Povela me je ka stepenicama gore. Ali ja sam hteo baš tu. Uhvatio sam je za ruku čim je koraknula na prvi stepenik. Zaustavio sam je i stao iza nje. Obgrlio sam je od pozadi i zavukao dlan između njenih nogu. Prstima sam joj brzo prelazio preko vlažnih usmina. Izvila se ka meni i zagrlila me. Njena sisa se isprsila ispred mene. Nagnuo sam se ka njoj, poljubio, a onda je zgrabio u dlan.

Maja je zabacila glavu unazad i tiho stenjala. Mislim da više nije razmišljala o Sonji. Ja jesam. Ne bi mi smetalo da ponovo vidi kako jebem Maju.

Pribio sam je još više uz nju i osetio meki flanel ispod svog kurca. Zadigao sam joj mantil i prebacio joj ga preko leđa. Savila se napred ka stepeništu i kleknula na njih. Zadovoljno je zamumlala kad ga je osetila u sebi. Okrenula se ka meni.

”Jebi me”, prošaputala je.

Držao sam je za bokove i nabijao se snažno u nju. Sa svakim novim udarcem sve više se spuštala na stepenice, sve dok nije ležala raširenih nogu preko njih. Bila je oslonjena na laktove, gledala je ispred sebe dok joj se glava pomerala u ritmu našeg jebanja. Zatvorila je oči, i namrštila se dok je grizla usne. Savila je glavu i svršavala tiho.

Sačekao sam da završi, a onda sam je pljesnuo po dupetu. Uhvatio sam je za kosu i povukao ka sebi. Obema rukama sam joj zgrabio sise. Klečao sam nepomično u njoj i uživao dok sam ih stiskao dlanovima. Slušao sam njene tihe uzdahe.

Izvukao sam ga iz nje i ustao. Sačekao sam da i ona ustane, pa sam je okrenuo leđima ka zidu. Podigla je jedno stopalo visoko na stepenicu a drugu spustila niže. Raširila je noge što je više mogla. Onda me je uhvatila za ruku i povukla sebi.

”Dođi”

Bio sam spreman da svršim. Držao sam je za struk dok sam je jebao, i gledao njene velike sise kako skakuću ispred mog lica. Maja me je smireno gledala, ali je povremeno i dalje bacala pogled na Sonjinu sobu.

”Znam da si je jebao”

Nije to bilo prekorno. Bilo je glupo da negiram.

”Kako znaš?”

”Čula sam vas. Sonja nije bila baš tiha”

Nisam ništa rekao, samo sam nastavio da ulazim u nju. Stavila je ruke oko mog vrata.

”Izgleda da je uživala u jebanju. Jel si ti uživao? Kakva je ona?”

Zastenjao sam kad sam se setio. Namerno sam bio glasan, hteo sam da Maja vidi koliko mi je bilo dobro sa Sonjom.

”Oh, super je Sonja. Dobro se jebe. Na kevu. Dobra je pička”

”Nećeš valjda sad mene da zaboraviš zbog nje?”

Znači, to je bila njena briga. Osmehnuo sam se.

”Kako da te zaboravim... ’, stenjao sam i nabijao se sve brže u nju, ”Obožavam da te jebem Majo...”

Izvadio sam kurac iz nje i napravio korak unazad. Rukama je raširila mantil dok sam ga uzimao u dlan. Stajala je gola ispred mene. Njene noge u visokim štiklama su bile raširene na stepenicama. Sperma je šikljala iz mene. Mirno je stajala dok sam je zalivao. Gledala je kako je prskam, posmatrala tečnost kako izlazi iz mene i gledala svoje telo sa koga se slivalo seme.

Uživao sam u tome. Isprskao sam je tu u njenom predsoblju, ispred Sonjine sobe. Gledao sam sa uživanjem njeno veliko oznojano telo. Video sam da je i njoj prijalo. Polako je milovala pičku i drugom rukom razmazivala spermu po sisama dok je gledala kako dlanom prelazim preko kurca.

Onda sam joj prišao. Poljubio sam je dok sam vlažnim glavićem dodirivao njene nabrekle usmine. Na sisama i stomaku bile su kapljice bele tečnosti koja se slivala sa nje.

Maja je i dalje prstima zamišljeno razmazivala spermu i nakon što sam obukao pantalone. Onda smo začuli zvuk otvaranja vrata. Sonja je izlazila iz sobe. Maja se trgnula, a onda brzo zatvorila mantil i tako sakrila tragove našeg jebanja. Sonja se nasmešila kad nas je videla.

”Ej ćao, otkud ti? Šta radite vi ovde? Nisam vas ni čula”

Čim je to izgovorila, znao sam da jeste. Verovatno je sve vreme stajala pored vrata i čekala da završimo. Maja je vezivala pojas na mantilu.

”Evo ništa, da ispratim komšiju...”

Kad sam tog dana video Tamaru ispred škole, odmah sam znao da se nešto promenilo. Nosila je šarenu mini suknju i usku majcu, ispod koje su se nazirale male nabrekle bradavice. Gledala me je nekako drugačije dok je hodala ka meni, osetio sam da je drhtala kad mi se približila. Nagnuo sam je da je po običaju poljubim u obraz, a ona prvi put nije bila stidljiva. Umesto toga, okrenula je glavu ka meni i poljubila mi je usne. Pomislio sam kako se bilo isplatilo to što je videla kako sam jebao Sonju iza kuće.

Čuo sam je kako je uzdahnula kad smo seli u kola. Čim smo krenuli, sama je pomerila ruku i odmah me uhvatila za kurac. Milovala ga je dok smo se vozili u tišini. A onda je na jednom semaforu pružila i drugu ruku, otkopčala mi šlic i uzela kurac u dlan. Ruka joj je drhtala dok mi polako drkala. Verovatno je to bio prvi put da je držala neki kurac. Pogledao sam je. Gledala je ispred sebe dok je pomerala ruku. Malo je pocrvenela u licu, ali je delovala kao da joj to sve prija.

Nije puštala kurac iz ruke sve dok nismo stigli do kuće. Kad sam parkirao auto, okrenula je glavu ka meni.

”Hoćeš da ti popušim?”

Verovatno je mislila da sam očekivao da me to pita. Pogledao sam ka njenoj kući.

”Jel imaš nekog kući?”

”Ne znam. Ajde videćemo”

Ušla je unutra a ja sam polako išao za njom. Mahnula mi je kad je videla da je predsoblje prazno. Brzo smo ušli u njenu sobu. Dovela me je do svog kreveta i odmah kleknula ispred njega, spremna da popuši.

Uhvatio sam je za lakat i podigao. Nisam želeo da tako bude sa njom. Želeo sam da joj dam priliku da se više opusti i uživa. Poljubio sam je i uhvatio za dupe. Bilo je čudno prelaziti dlanom preko njene guze. Iako je bila normalna za njene godine, delovala je mnogo mršavije od velike sočne guze njene sestre i Maje.

Zavukao sam joj drugu ruku ispod majce i milovao sise. Stenjala je dok sam prstima ispitivao njeno telo. Izvukao sam ruku iz njene majce i spustio je niže. Zadrhtala je kad je osetila kako joj zadižem suknjicu. Njene pamučne gaćice bile su već potpuno mokre. Prešao sam prstima nekoliko puta preko njenog toplog brežuljka. Prislonio sam usne na njeno uvo i prošaptao.

"Oćeš da te jebem?"

Spustila je glavu i odmahnula. Polako sam joj zavukao dlan u gaćice. Posmatrao sam je kad sam joj prstima nežno pomilovao male usmine. Zadrhtala je jako od toga. Nekoliko puta sam prešao preko njih, a onda me je čvrsto uhvatila za dlan. Kad sam je pogledao odmahnula je glavom. Izvadio sam ruku, nisam žurio.

Kleknula je odmah nakon toga. Brzo mi je otkopčala šlic i izvadila kurac. Uzela ga je u ruku i nekoliko trenutaka raširenih očiju razgledala.

"Baš je veliki. Mnogo veći iz blizine"

Prošaptala je to kao za sebe. Kao da se uplašila te veličine. Na trenutak je izgledala kao da će da odustane. Posmatrala ga je, a onda je želja prevagnula.

Polako mu je približila glavu, oblizala se i obazrivo obavila usnama glavić. Uhvatio sam je za potiljak i blago je povukao ka sebi. Čuo sam je kako zadovoljno mumla dok je uzimala glavić u usta. Onda je zastala. Brada i usne su podrhtavali od uzbuđenja. Zaustavila se tako nekoliko trenutaka sa glavićem u sebi. Uzbuđeno je treptala dok je stiskala usne oko njega.

Zatvorila je oči, uzela vazduh i sama počela da ga nabija dublje u usta. Zastala je kad je progutala polovinu, izgledalo je da više ne može. Onda je počela da ga puši. Isprva obazrivo i polako, a onda sve brže i sigurnije.

Izgledalo je da se trudila da oponaša Sonjino pušenje. Nije imala od koga drugog da nauči. Nije bilo idealno, ali to je bilo njeno prvo pušenje, i uživao sam u njemu. Nekoliko dana pre sedeo sam u svojoj sobi i drkao dok sam je gledao na krevetu sa Majom. Tad nisam ni sanjao da ću stajati u njenoj sobi dok mi ona puši kurac.

"Ohhhh Tamara, tako ga dobro pušiš"

Želeo sam da je ohrabrim. Uhvatila me je dlanovima za dupe i još dublje ga nabila u sebe. Slušao sam je kako zadovoljno mumla dok ga je brzo gutala.

"Samo nastavi Tamara, tako je dobro..."

Setio sam se Maje. Rekla je da napravim fotografije, da bi znala dokle sam stigao. Izvadio sam mobilni iz džepa i slikao Tamaru. Nije bila neka posebna fotka, slikao sam njen potiljak ispred mog kurca. Tamara nije ništa primetila, bila je previše zaokupljena pušenjem. Sliku sam odmah poslao Maji. Jedva da sam stigao da vratim mobilni u džep, kad je stigao odgovor.

"Sviđa mi se slika, bravo! Čekam te u sobi, dugujem ti jedno p..."

Pomisao na Maju koja me čeka u sobi da bi mi popušila me je još više uzbudila. Tamara je i dalje zadovoljno stenjala dok ga je trpala u sebe. Spustio sam ruku niže i uhvatio je za sisu. Jedva da sam uspeo da je osetim kad sam počeo da svršavam.

Izvadio sam ga iz njenih usta. Podigla je pogled i iznenađeno me pogledala. Prenula se, kao da sam je naglo prekinuo u nekom važnom poslu. Uhvatio sam je za kosu i drkao ga brzo ispred njenih usana. Onda je prvi mlaz sperme izleteo i prešao preko njenog čitavog lica.

"Ohhh Tamara, kako si dobra..."

Prstima je obrisala gustu kapljicu koja je pala preko njenog zatvoreg kapka. Otvorila je oči i gledala me dok sam svršavao. Gurnuo sam kurac ka njenim usnama i ona se nabila ustima na njega. Dahtao sam zadovoljno dok sam izlivao ostatak na njen jezik. Posmatrao sam njeno lepo lice. Usne su joj bile čvrsto obavijene oko glavića. Na mestima gde su ga dodirivale bio je tanak svetlucavi trag sperme. Preko njenog čitavog lica išla je gusta linija bele tečnosti koja joj se slivala ka bradi.

I Tamara je mene posmatrala. Izvadila je kurac iz usta.

"Jel bilo dobro?"

"Bilo je odlično Tamara. Odlično pušiš. Jel tebi bilo okej?"

"Pa...", nasmejala se, "Jeste"

Osetio sam kako mi kurac raste između njenih toplih usana. Setio sam se da me Maja čeka. Izvadio sam ga i rekao da moram da idem. Pogledala me je malo razočarano.

”Jel možemo i sutra ovo?”

”Naravno”

”Možemo i u školi, samo dođi malo ranije po mene”

Zakopčao sam pantalone i krenuo ka vratima. Htela je da me isprati ali sam rekao da ću izaći sam.

Polako sam zatvorio vrata za sobom i tiho krenuo ka stepenicama i Majinoj sobi. Taman sam zakoračio na prvi stepenik kad sam začuo glas iza sebe.

”Ti si izgleda baš odlučio da nas sve izjebeš?”

Okrenuo sam se. Sonja. Stajala je prekrštenih ruku ispred svoje sobe i gledala me je pomalo prekorno. Imala je crnu atlet majcu i uski šorc.

”Ma ne, nego... Ono... Navratio sam samo... Otkud ti to?”

Zbunila me je skroz. Spustila je ruke dole i krenula prema meni.

”Gde si sad krenuo? Bio si kod Tamare, i gde ćeš sad?”

Zatekla me je, bilo je besmisleno da kažem bilo šta u odbranu. Stigla je do mene i odmah me je uhvatila između nogu. Pogledala me je u oči i progovorila drhtavim, napaljenim glasom.

”Kad sam ja na redu? Kad si mislio mene da jebeš?”

Mislio sam da je bila ljuta. Zapravo je bila ljubomorna. Njen strasni glas me je uzbudio. Mogao sam da čujem koliko je bila spremna za jebanje. Dahtala mi je uzbuđeno u uvo dok se pribijala uz mene. Trljala je bedra o kurac kroz pantalone i šaputala kako hoće da je jebem. Znao sam da me Maja čeka, ali nije bilo šanse da odbijem Sonju. Gnječio sam joj dupe dok smo se strasno ljubili pored zida.

Kad sam počeo da joj svlačim šorc, prestala je da me ljubi. Pogledala me je u oči i povela do svoje sobe. Polako je otvorila vrata. Držala me je za ruku dok smo hodali ka njenom krevetu. Već sam bio spreman da je izjebem, kad sam na njenom stolu primetio bočicu lubrikanta. Nisam uopšte imao dilemu šta da radim.

Činilo mi se da je ona namerno ostavila tamo. Spremila se za to. Mirno me je posmatrala dok sam uzimao bočicu. Ćutke me je uhvatila za kurac dok sam joj spuštao šorc. Malo ga je drkala dok smo se ljubili, a onda se okrenula od mene i kleknula pored kreveta. Spremno se naguzila i pogledala nazad prema meni. Njen šorc stajao je obavijen oko njenih butina a njena guza je konačno bila spremna ispred mene.

Nekoliko trenutaka kasnije već sam se nabijao u nju. Naslonio sam se rukama na njena leđa i snažno ulazio u njeno dupe. Sonja je oslonila glavu na krevet, posmatrao sam njen profil dok je zatvorenih očiju tiho stenjala. Iako sam brzo ulazio u nju, kurac je klizio bez problema. Videlo se da joj to nije bio prvi put, izgledalo je kao da voli da se guzi. Jebao sam je radosno, povremeno bih je pljesnuo snažno po dupetu i glasno ponavljao njeno ime.

Zavukla je ruku između nogu i drkala dok je sve glasnije stenjala. Gnječio sam joj dupe snažno i posmatrao kako se napaljeno uvija ispod mene. Razmišljao sam da li da svršim u nju ili da ga izvadim i izdrkam na njene velike sise. A onda sam čuo zvuk nove poruke. Uzeo sam telefon u ruku. Maja je bila nestrpljiva.

”Zar je Tamara baš toliko zabavna?”

Nasmešio sam se. Bilo mi je drago što je jedva čekala da dođem. Kuckao sam odgovor dok sam se i dalje bez prekida nabijao u Sonju.

”Nisam sa njom, guzim Sonju”

”Moju Sonju?”

Kao da sam mogao neku drugu. Nisam ništa odgovorio, samo sam nastavio da je guzim. Stavio sam telefon na Sonjina leđa i čekao novu poruku. Telefon se pomerao na njoj, ali izgledala je kao da ništa ne primećuje, ili je uopšte nije zanimalo sa kime se dopisujem. Ubrzo se ponovo začuo zvuk.

”Kakva je? Jel joj se sviđa?”

”Odlična. Mislim da uživa. Hoćeš sliku?”

Držao sam telefon u ruci, spreman da slikam Sonju. Već je bila počela da svršava, bila bi to dobra slika. A onda je stigao odgovor.

”Ne. Dođi kad završiš”

Bacio sam telefon na krevet i nagnuo se napred. Sonja je glasno stenjala u orgazmu. Zgrabio sam je za sise i pribio se uz njeno drhtavo telo. Nabio sam kurac duboko u nju i sačekao da svršavanje prestane. Kad je otvorila oči odmaknuo sam se od nje i ponovo počeo da je guzim. Bio sam skoro blizu svršavanja kad se začulo tiho kucanje na vratima. Oboje smo se trgnuli i pogledali. Nisam mogao da verujem da je Maja bila baš toliko željna mog kurca. Nisam stigao da ga izvadim i ustanem kad su se vrata polako otvorila.

Nije bila Maja. Tamara je provirila u sobu. Oči su joj se malo raširile kad je videla šta radimo, ali se pretvarala da nije iznenađena. Pogledala je Sonju.

”Dečko ti je stigao”

Počeo sam da vadim kurac iz nje ali me je ona uhvatila za ruku. Onda se okrenula ka Tamari.

”Neka sačeka”

Tamara je zbunjeno gledala.

”Šta da mu kažem?”

”Reci mu da sačeka da se izjebem”

Tamara je i dalje zbunjeno stajala na vratima. Bila je sve uzbuđenija zbog onoga što je videla ispred sebe. Polugola Sonja se naguzila pored kreveta, dok sam ja spuštenih pantalona imao kurac nabijen u nju. Grickala je usnu dok je razmišljala šta da radi. Izgledala je kao da već zaboravila na Sonjinog dečka, kao da se spremala da uđe u sobu i pridruži nam se. Trgnula se od ozbiljnog zvuka Sonjinog glasa.

”Reci mu bilo šta, zagovaraj ga nekoliko minuta, samo da završimo”

Zatvorila je vrata za sobom a ja sam nastavio. Postalo je još uzbudljivije. Guzio sam komšinicu dok je njen dečko čekao na red. Znači da joj se baš bilo svidelo. Pitao sam se da li će i njemu dati da nastavi guženje.

Ali koliko god da mi je bilo drago što nije želela da prekine jebanje sa mnom iako je dečko čekao, nisam mogao da prestanem da mislim na Tamaru. Još uvek sam je video pred sobom, kako napaljena stoji pored vrata, u svojoj suknjici, spremna da prvi put bude nagužena.

Morao sam da prekinem, previše sam želeo da izjebem Tamaru. Sonji sam objašnjavao nešto kako nije u redu da njen dečko čeka. Izgledala je kao da mi je poverovala. Uspravila se. Klimala je glavom sve dok nisam zatražio da pozajmim lubrikant. Pogledala me je začuđeno.

"Okej, ali šta će ti? Maja ima svoj"

Gledala me je zbunjeno nekoliko trenutaka. A onda shvatila zbog koga to tražim. Sklonila je pogled i nasmešila se. Nije ništa rekla.

Tamara je stajala ispred vrata. Kao je bila čekala da završim. Brzo me je povela do kupatila da me sakrije, a onda se vratila po Sonjinog momka. Izgledala je iskusno dok je to radila, skoro da sam zaboravio da je klinka. Dok sam u kupatilu čekao, izvadio sam kurac i oprao ga iznad lavaboa. Obrisao sam ga i vratio u pantalone. Začuo sam kuckanje na vratima. Tamara mi je javila da je slobodno da izađem.

Dok smo hodali kroz hodnik posmatrao sam njene butine ispod suknje. Uhvatio sam je za dupe. Nije reagovala, i dalje je gledala ispred sebe. Video sam da je crvena u licu i znao da je napaljena.

Zastala je kad je stigla ispred svoje sobe. Uhvatila se za kvaku i okrenula ka meni.

"Ništa onda, vidimo se sutra u školi..."

Nisam ništa odgovorio. Stavio sam drugu ruku na njen struk i približio joj se. Zbunjeno je progutala knedlu.

"Ali zar ne ideš kod Maje?"

Progovorio sam između poljubaca.

"Ne. Idem kod tebe"

Izgledala je malo uplašeno. Znao sam da je videla lubrikant u mojoj ruci. Drhtala je kad sam zatvorio vrata i privukao je ka sebi.

"Šta ćemo da radimo?"

Opustila se dok smo se ljubili u tišini. Sama mi je otkopčala šlic i izvadila kurac napolje. Prislonio sam joj usne uz uvo i prošaptao.

"Jel ti se svidelo ono što sam radio sa Sonjom?"

Klimnula je glavom.

"Hoćeš da i mi to radimo?"

Osetio sam kako joj je ruka zadrhtala na mom kurcu. Ali ponovo je klimnula glavom. Malo je pocrvenela kad je podigla glavu ka meni.

"Hoću"

Čim smo stigli pored kreveta kleknula je i zauzela istu pozu kao Sonja ranije u svojoj sobi. Naguzila se, oslonila obraz na krevet i čekala da uđem u nju. Zadigao sam joj suknju, a onda joj svukao gaćice do kolena.

Prvo sam primetio njenu pičkicu, oznojanu i spremnu da me primi. Sokovi su curili iz nje, pune usmine su nabubrile i izgledala je željna da me primi. Ali znao sam da Tamara još nije bila spremna za to.

Iznad pičke je bio drugi otvor koji me je čekao. Bio je drugačiji od onog kod iskusne Sonje. Ulaz se jedva video. Pogledao sam u svoj veliki kurac koji se nestrpljivo klatio iza nje i uzdahnuo. Znao sam da će ovo biti veliki izazov za Tamaru.

Nagnuo sam se napred ka njoj. Prvo sam malo liznuo njene usmine, a onda poljubio drugi otvor. Milovao sam je i trudio da je opustim što više. Uzeo sam lubrikant i razmazao ga najviše što sam mogao po njoj. Vlažnim dlanom sam prešao po čitavoj dužini kurca. Obrisao sam ruke, uhvatio je za bokove i prislonio glavić na njenu malu guzu.

Stajao sam nekoliko trenutaka skoro nepomično. Polako sam pomerao kurac po njenom dupetu dok je ona uzbuđeno drhtala ispred mene. Oslonio sam glavić na njenu skoro nepostojeću rupicu i čekao da se navikne na njega. Nekoliko puta sam ga blago gurnuo u nju, a onda brzo nabio čitav glavić. Glasno je zastenjala jedanput a onda je ponovo zaćutala.

Posmatrao sam je kako zatvorenih očiju duboko diše pored svog kreveta. Milovao sam joj guzu i butine, šaputao kako mi se sviđa njeno dupe i kako odlično izgleda, ohrabrivao sam je. Znao sam da je najteže za nju prošlo. Ako je mogla da primi moj veliki glavić, sve ostalo će biti lako.

Polako sam počeo da ulazim u nju. Slušao sam je kako sve glasnije stenje dok sam ga gurao. Polako sam pomerao dlanove po njenom dupetu, milovao je i gledao kako kurac sve dublje ulazi. Tamara je glasno dahtala.

”Kako imaš veliki kurac jebote”

Zvučala je kao da se muči.

”Hoćeš da prestanem?”

”Ne... Samo nastavi. Hoću ga... Hoću da me jebeš”

Kad sam ga nabio do kraja i kad je konačno osetila moja bedra na svojoj koži, podigla je glavu i uzdahnula.

”Ahhh, kolika kurčina”

Bilo mi je čudno da čujem te reči od nje. Nasmešio sam se.

”Jel si dobro?”

”Samo me jebi”

Polako sam ga izvadio a onda ga ponovo gurnuo u nju. Guzio sam je polako, drugačije nego Sonju. Bila je previše uska da bih mogao brže. I koliko god da sam bio uzbuđen kod Sonje, nisam mogao odmah da svršim uz tako spor ritam.

Onda sam krajičkom oka video vrata sobe kako se polako otvaraju.

Znao sam odmah da je to Maja. Nije mogla da izdrži i sačeka me. Okrenuo sam glavu i video je. Provirila je u sobu osmehujući se, kao da se izvinjavala što je tu. A onda se još više nasmešila kad je videla šta radim. Izgledala je kao da je oduševio prizor mene kako guzim Tamaru.

Oprezno je zatvorila vrata za sobom i tiho nam prišla. Na sebi je imala široku trenerku i atlet majcu, ispod koje su se slobodne sise treskale dok je hodala. Kleknula je pored mene i poljubila me. Odmah je stavila ruku u svoju trenerku i počela da se dodiruje između nogu. Približila mi se i šapnula.

”Jako sam napaljena”

Okrenula ka Tamari. Zadivljeno je posmatrala kako moj kurac nestaje u njenom malom dupetu. Uhvatila me je za članak desne ruke i sklonila je sa Tamarine guze. Onda je postavila svoj dlan tamo. Tamara nije ni primetila da joj Maja miluje dupe dok je ja guzim. Nastavila je da mi šapuće.

”Kako je dobro jebeš... Hoću i mene tako. Hoću da ga nabiješ i meni”

Zadigao sam joj atlet majcu i otkrio sise. Posmatrao sam nekoliko trenutaka njene nabrekle bradavice. Uzeo sam njene sise u ruku i stegnuo ih. Približio sam joj se i nekoliko puta brzo prešao jezikom preko njih.

Maja je grizla usnu dok sam joj ljubio sise. Drkala je brzo i sasvim tiho jednom zastenjala. Svršavala je sa mojim jezikom na sisama. Zarila je zube u moje rame i ćutke drhtala pored nas. Tamara nije ništa primetila. Nije ni slutila da Maja svršava iza njenih leđa, dok je ja guzim.

Kad je završila, pokušala je da ustane, ali joj to nisam dozvolio. Uhvatio sam je za dupe i čvrsto pribio uz sebe. Guzio sam Tamaru brže dok sam gledao oznojano Majino lice. Držao sam ruku na oba dupeta i snažno ih oba stezao. Napalilo me je to što su obe tu. Imao sam osećaj da ih obe jebem.

”Ah, kako je dobro...”

Svršio sam duboko u Tamari. Držao sam je za kosu dok sam se praznio, da se ne bi okrenula. Činilo mi se da se nikad ranije nisam toliko ispraznio u nekoj devojci. Orgazam je trajao dugo i mislio sam da ću je potpuno ispuniti spermom. Kad sam završio, nabio sam ga još jednom do kraja u nju.

Maja je već bila otišla, nije smela da sačeka da završim. Nekoliko trenutaka sam ga držao potpuno zabijenog u Tamaru, a onda sam polako počeo da ga vadim. Okrenula se ka meni.

”Kako je bilo, jel ti bilo dobro?”

Pomilovao sam je po guzi.

”Bilo je super Tamara”

Dok sam kasnije ulazio kod Maje u sobu, laknulo mi je kad sam video da je zaspala. Nisam više imao snage za novo jebanje, i bilo mi je drago što je i ona bila svesna toga. Legao sam pored nje, prebacio ruku preko njenog struka i odmah zaspao.

Sutradan sam se probudio naspavan i očigledno potpuno odmoren. Moj kurac je već bio uspravljen u boksericama. Bio sam spreman da odmah pojebem Maju, ali ona nije bila u krevetu. Ustao sam i uzeo da obučem pantalone. Onda sam odmah odustao. Previše me je mrzelo i bio sam previše opušten za to. Sve sam ih zadovoljio prethodnog dana, mislio sam da zbog toga imam pravo da šetam po kući u boksericama.

Dok sam se spuštao stepenicama, osetio sam kako mi se kurac klati među nogama. Maja je bila u trpezariji, nasmešila se kad je to videla. Stajala je pored stola i pravila sendviče. Seo sam za veliki kauč u istoj prostoriji i posmatrao je dok mi je kuvala kafu. Imala je usku atlet majcu i plavi sportski šorc. Kosa joj je bila vezana u rep i nije bila našminkana. Ali izgledala mi je kao da je spremna za jebanje.

Pružila mi je kafu u ruku a onda se vratila i sela za sto. Posmatrao sam kako mirno pijucka svoju kafu. Možda joj je bilo previše rano za tucanje? Zatreptala je u mom pravcu.

”I, kako si spavao, jel si se odmorio?”

Razmišljao sam za trenutak, a onda sam se uhvatio za kurac. Zavalio sam se u naslonjač kauča i dobro je odmerio.

”Hoćeš ti malo šlaga za tu kafu?”

Maja se okrenula ka sobama Sonje i Tamare. Osluškivala je da li su nas čule. Onda me je pogledala, stavila prst preko usana i nasmešila se. Otpila je malo vode i polako mi prišla. Zastala je ispred pa se sagnula ka meni. Uhvatila me je za potiljak i strasno poljubila. Bila je još uvek savijena u struku kad mi je zavukla ruku u bokserice. Izvadila je kurac, savila se još više ka njemu i počela da mi puši.

Držao sam je obema rukama za glavu, i posmatrao kako se brzo savijala prema mom krilu. Izgledala je kao da vežba. Oslonila je oba dlana na moje butine i nabijala glavu na kurac. Dobra jutarnja gimnastika.

Uzdahnuo sam kad je kleknula između mojih nogu. Gledala me je u oči dok je nekoliko puta glavićem prelazila preko svojih obraza. Ponovo sam u ruku uzeo šoljicu koju mi je bila donela. Pijuckao sam kafu i posmatrao je. Nagnula se napred i uzela kurac u usta. Odmah je počela brzo da ga puši. Morao sam da je uhvatim za kosu i zaustavim. Koliko god da sam želeo da joj napunim usta spermom, nisam hteo da brzo prekinem uživanje i odmah svršim. Pogledala me je a onda nastavila da ga puši polako.

Otpio sam malo kafe i spustio šoljicu na pod pored kauča. Uhvatio sam je za potiljak i približio joj se. Zavukao sam joj ruku ispod majce. Uhvatio sam je za sisu i pomilovao. Osećao sam kako me njena nabrekla bradavica grebe po dlanu. Drugu ruku sam još uvek držao na njenom potiljku. Zatvorio sam oči i uživao.

Skoro sam se trgnuo kad sam začuo korake u hodniku. Sonja je stajala na ulazu u trpezariju. Očigledno se tek bila probudila, izgledala je kao da se još nije ni umila. Još uvek pospanih očiju posmatrala je scenu koju nije očekivala da vidi ujutru. Maja mi je mirno pušila kurac, dok mi je ruka bila na njenoj sisi. Sonja je neodlučno stajala još neko vreme gledajući nas, a onda nam je polako prišla.

Maja je na kratko pogledala u stranu kad je shvatila da neko stoji pored nje, a onda se vratila kurcu. Napaljeno sam odmeravao Sonju. Na sebi je imala samo majcu bez rukava i bele gaćice sa cvetićima. Cupkala je na nogama dok je gledala kako mi Maja puši. Potpuno se razbudila i izgledala kao da je spremna se da istog trenutka nabije na moj kurac. Ali je i dalje samo stajala, i neodlučno držala dlan preko podlaktice druge ruke. Još jednom sam je odmerio pogledom pa sam je pogledao u oči.

”Pokaži mi sise”

Sonja se malo trgnula od tih reči. Pogledala je Maju, kao da je tražila dozvolu za to. Kad je videla da mi ona i dalje mirno puši kurac, polako je zadigla majcu i otkrila sise. Zastenjao sam kad sam video kako poskakuju. Velike i okrugle, prosto su mamile da ih uhvatim. Počela je pomalo stidljivo da se dodiruje preda mnom. Prelazila je dlanovima oprezno preko njih, ali se opustila kad je videla moje pohotne poglede. Prstima jedne ruke je milovala ukrućene bradavice a drugu je već zavukla u gaćice.

Stavio sam dlan preko Majinog obraza i sačekao da me pogleda.

"Jel ste vi nekad zajedno pušile kurac?"

Svidela mi se pomisao da bi obe mogle da mi istovremeno puše kurac.

Sonja je upitno pogledala Maju, izgledala je kao da ne bi imala ništa protiv. Ali Maja je odmah, sa kurcem u ustima, odmahnula glavom. Nije ni podizala glavu, samo je prstom pokazala da to ne može. Sklonila se u stranu kad je Sonja kleknula. Očekivao sam da neće gledati to i da će otići. Ali samo je sela pored mene. Stavila je dlan preko moje butine i mirno posmatrala kako se Sonja nameštala između mojih kolena.

Sonja me je gledala u oči dok je skidala majcu sa sebe. Stegnula je sise pred mojim napaljenim pogledom, a onda je uzela kurac u dlan. Nekoliko puta je prešla preko njega pa ga je gurnula u usta. Oslonila je dlanove na moje butine dok joj je kurac klizio kroz usne.

Bila je talentovana pušačica. Kurac mi je već bio vlažan od Majine pljuvačke i njene usne su glatko klizile čitavom njegovom dužinom. Zagrlio sam Maju na krevetu. Zavukao sam ruku ispod njene miške i uhvatio je za sisu. Zastenjala je glasno i nagnula ka meni. Strasno me je poljubila. Okrenuo sam se ka njoj. Ispružio sam i drugi dlan i zgrabio je za sisu. Stezao sam ih napaljeno. Oboje smo glasno stenjali dok smo se ljubili.

Već sam bio blizu da svršim u Sonjina usta, kad ga je ona naglo izvadila iz sebe. Okrenuo sam se ka njoj upitno. Držala ga je u ruci dok me je gledala. Oblizala je usne i pustila ga. Onda je u oba dlana uzela sise i malo ih podigla ka meni. Približila mi se i obema sisama obuhvatila kurac.

Posmatrala me je pravo u oči dok ih je trljala o kurac. Gledao sam kako čitav potpuno nestaje između njih, samo se glavić pojavljivao između njenih velikih čvrstih grudi. Sonja mi se osmehivala, kao da je osećala koliko me pogled na to loži.

Moja ruka je i dalje bila na Majinoj sisi, čvrsto sam je stezao. Hteo sam da joj kažem da skine majcu, ali ona me je preduhitrila. Uspravila se na kauču i brzim pokretom otkrila grudi. Kao da je bila ljubomorna, želela je da pokaže da i ona ima dobre sise.

Kleknula je pored mog boka i oslonila sise na butinu. Sačekala je nekoliko trenutaka, a onda je brzim pokretom otela kurac od Sonje i postavila ga između svojih sisa. Počela je da ih podiže gore-dole, jebala me je sisama brzo dok me je gledala u oči.

Sonja je prešla na drugi bok, isprsila se i obuhvatila kurac sa druge strane. Nije izgledala kao da se stidi Maje, ali nisu ni gledale jedna drugu. Obe su bile okrenute ka meni. Brzo su trljale sise oko kurca i posmatrale kako uživam u tome.

Držao sam ih za potiljak i stenjao. Kurac je i dalje bio vlažan, brzo je klizio između njihove četiri čvrste sise. Dok su se sise trljale oko kurca, i bradavice su im se dodirivale dok su uzbuđeno dahtale. Sve čvršće sam ih stezao. Gledao sam malo u jednu, malo u drugu, pa u njihove velike sise između kojih se pomaljao moj čvrsti glavić.

Obe su se zadovoljno glasno nasmejale kad su videle da svršavam između njih. Prvi mlaz je završio negde visoko, probio se iznad sisa i poleteo ka plafonu. Njih dve su se onda pribile jedna uz drugu, i sperma im je obema isprskala obraze. Ostatak su razmazivale između svojih sisa dok sam brzo pomerao kurac kroz njih.

Nisu prestale ni nakon što sam svršio. Igrale su se sa mokrim tvrdim kurcem kojeg su obuhvatile sisama. Bile su potpuno vlažne, svetlucale su se od moje sperme. Kurac mi se nije spuštao, bio sam spreman da ih obe izjebem. Ali nisam bio siguran da bi Maja pristala da ih tucam jednu pored druge. Njih dve su me posmatrale, kao da su se pitale šta ću sad da radim.

Maja me je pogledala dok je razmazivala spermu po sisama. Činilo mi se kao da mi je čitala misli.

”Što ne odeš da vidiš šta Tamara radi?”

”Gde je ona?”

Sonja se smeškala dok mi je odgovarala.

”Verovatno još spava. Mogao bi da je probudiš”

Sklonile su se u stranu pa sam ustao. Nisam ni pomišljao da se oblačim. Kurac mi je još uvek bio vlažan dok sam išao ka Tamarinoj sobi. Dobiće lep poklon za dobro jutro. Onaj koga je dugo čekala.

Klinac iz susednog stana

Od prvog dana kad sam ga videla, mogla sam da pretpostavim šta će se desiti. Imao je sedamnaest godina tad, bio je godinu dana stariji od moj sina i duplo mlađi od mene. Dugo sam se pitala zbog čega se moj sin druži sa njim, i dugo mi je trebalo da shvatim da sam postavljala pogrešno pitanje. Trebalo je da se pitam zbog čega se on družio sa mojim sinom, iako je bio mlađi od njega. A odgovor sam mogla da znam odmah.

Kad sam ga prvi put videla u našem stanu, nije mi izgledalo uopšte čudno. Ne samo što je živeo na istom spratu na kom i mi, nego mu je stan bio odmah pored našeg. Mislila sam da je normalno da se komšija, iako malo stariji, druži sa svojim prvim komšijom. Ušla sam u sobu i mirno ih pozdravila. A onda me je on, onako baš muški, odmerio od glave do pete. Nisam znala da li da se smejem, ili da ga prekorim zbog toga. Mnogi stariji muškarci se nisu usuđivali da me tako otvoreno skidaju pogledom. Verovatno sam ga gledala zapanjeno, pa je brzo sklonio pogled. Ali zapamtila sam da sam tog dana videla pravog napaljenog muškarca, u telu tinejdžera. Iznenađeno i pomalo uvređeno izašla sam iz sobe.

Od tad nisam više ulazila u sinovljevu sobu kad je njegov drug bio tu. Nisam mu zamerila zbog onih pogleda i nisam ga izbegavala. Lepo sam pričala sa njim kad bismo se sreli u liftu, ili negde na ulici u komšiluku. Samo nisam želela da mu budem u blizini bez potrebe. Nisam videla razlog zbog kog bih bespotrebno ložila klinca.

On je bio pristojan. Uvek bi se lepo javio na hodniku i pristojno razgovarao sa mnom. Ali i pored toga, svaki put kad bi me video, izgledao je kao da je spreman da me pojebe. Možda nije ni bio svestan da to može da se primeti, možda je bio previše mlad da bi znao to. Ali imala sam utisak da je svaki put kad je pričao sa mnom, njegov kurac bio dignut i spreman. Ta napaljenost se posebno primećivala kad nismo razgovarali, onda kad bi me video na ulici. Tad bih se uvek pretvarala da ga ne primećujem, a on bi zastao i krišom me odmeravao pogledom. Obično sam nosila naočare za sunce, i mogla sam lepo da vidim koliko je napaljen.

U početku mi je to smetalo. Bio je klinac, komšija i drugar mog sina. Ali polako sam se navikla na to. Vremenom, to je čak i počelo da mi se dopada. Pred mojim očima je rastao, pretvarao se u muškarca i sve manje sam razmišljala o razlici u godinama. Što nije značilo da sam bila spremna da skočim na njega zbog toga. Samo je počelo da mi se sviđa da vidim njegov dignuti kurac u mom prisustvu. Ne samo što mi više nije smetalo, nego mi je laskalo.

Možda je tom osećanju doprinelo i to što u braku nisam imala seksa. Moj muž je nekako izgubio interesovanje. Bio je dosta stariji od mene, pa sam ga razumela. Znala sam da me i dalje voli, kao i ja njega, ali vreme je činilo svoje. Ali ja sam bila u godinama kad mi je seks najviše trebao. Zbog toga sam se trudila oko muža, oblačila seksi garderobu i šetkala se izazovno pred njim. Ali ništa nije pomagalo. Nije se udaljio od mene, samo ga seks izgleda više nije zanimao.

Zbog toga sam se okrenula sebi. Imala sam potrebe a nisam želela da tražim ljubavnika. Zbog toga sam počela redovno da masturbiram. Radila bih to uvek u našoj spavaćoj sobi, onda kad bih bila sama u kući. U početku sam se zadovoljavala prstom, a onda kad je to postala svakodnevna praksa, kupovala sam veštačke penise. Ubrzo sam imala veliku kolekciju plastičnih, silokonskih zamena za ono što mi je trebalo. Imala sam ih za svaku priliku i svaku želju - bilo je velikih i malih, dugačkih i tankih i onih koji su bili deblji. Svaki sam ponekad koristila.

Maštala sam o svom mužu, kolegama sa posla i ponekad o nekoj davnoj ljubavi iz detinjstva. Sve češće se u moja maštanja ubacivao moj mladi komšija. Što je bio stariji, to sam više maštala o njemu dok sam uzbuđeno gurala dildo u sebe.

U jednoj od takvih mastrubacija, shvatila sam da naša spavaća soba deli zid sa mojim mladim komšijom. To je bilo pravo otkrovenje za mene. Osećaj da sam svaki put kad sam svršila bila tako blizu njega me je još više uzbuđivao. Činilo mi se da sam samo zbog toga postala nekako bliža njemu. Svaki moj orgazam se desio na možda samo metar od njega, i samo je zid sprečavao da me vidi kako napaljeno stenjem na svom krevetu.

Počela sam da masturbiram mnogo češće. Zbog tog osećaja da sam bila tako blizu mladog muškarca koji je napaljen na mene. I po prvi put u životu, bila sam jako glasna dok sam to radila. Puštala sam krike zadovoljstva, stenjala i uzdisala nadajući se da će me on čuti u svojoj sobi. Namerno sam ložila klinca. Pretvarala sam se da se u svojoj sobi jebem sa mužem. Maštala sam o tome kako me komšija slušao, kako je divljački i napaljeno drkao kurac u svojoj sobi dok sam svršavala u blizini, i kako je fantazirao o tome kako ga zabija u mene. Zamišljala sam muža kako me jebe, zamišljala klinca, maštala o obojici i divlje svršavala. Moji orgazmi postali su jači i duže su trajali zbog takvih maštanja.

Zbog toga nisam mogla da ga krivim za ono što se kasnije dešavalo. Sama sam to tražila.

Nakon nekoliko meseci tih mojih glasnih svršavanja u sobi, događaji su počeli da se odvijaju brzo. Prvo što se desilo bilo je da je jednom prespavao kod nas. Bio je u gradu sa mojim sinom, i kad su se vraćali rekao je da je izgubio ključ od svog stana. Naravno da nisam verovala u to opravdanje. Ali za sve to saznala sam kasnije.

Tog jutra probudila sam se misleći da sam sama u kući. Muž je bio na poslu a sin u školi. Ušla sam u kupatilo, krenula ka kuhinji a onda zastala kad sam čula čudne zvuke iz dnevne sobe. Obazrivo sam prišla vratima i pogledala.

Moje fotografije bile su raširene na podu, a mladi komšija je klečao pored njih. Gledao je u jednu koju je držao u ruci, dok mu je dlan druge ruke bio između nogu. Videla sam sliku, na njoj sam bila zagrljena sa drugaricom, dok sam stajala obučena u farmerke i duks. Najobičnija slika.

Ali on je bio napaljen kao da je gledao sliku neke najbolje ribe iz Plejboja. Trljao je kurac kroz pantalone dok je napaljeno gledao kako nasmejana poziram sa drugaricom. Potpuno zapanjena posmatrala sam scenu. To je bilo poslednje što sam očekivala da vidim.

Nakon prvobitnog šoka obratila sam pažnju na deo između njegovih nogu. Ogromna nabreklina pretila je da mu pokida pantalone. Slušala sam ga kako dahće, a onda je drhtavom rukom otkopčao šlic. Mahinalno sam se povukla unazad. Sakrila sam se još više iza dovratka, ali sam radoznalo iščekivala šta će da izvadi. Kada se kurac pojavio, čula sam kako je on glasno uzdahnuo, a meni se zavrtelo u glavi. Imao je veliki kurac, bio je još veći nego što je izgledao u pantalonama. Činilo mi se kao da je izvadio dugu zmiju, koja se ispravila kad je pustio napolje. Odmah je počeo da drka, prelazio je pogledom preko mojih slika dok mu je ruka prelazila preko onog svog stabla od kurca.

Znala sam da nisam smela da ostanem tu. Ne samo što je mogao da podigne pogled svakog trenutka, i tako me vidi, nego ja više nisam mogla da sputavam uzbuđenost. Brzo sam zatvorila vrata, ostala još nekoliko sekundi ispred njih, slušajući njegovo uzbuđeno dahtanje, a onda sam otišla do svoje sobe. Ruka mi je bila između nogu i pre nego što sam ušla u nju. Zatvorila sam vrata iza sebe i naslonila se na njih.

Drkala sam u tišini, misleći na svog mladog komšiju. Bila sam u kućnoj haljini, samo sam je raširila i gurnula dlan u gaćice. Nije mi ni trebao dildo. Naslonjena na vrata, brzo sam prelazila vlažnim prstima po sebi. Pitala sam se šta bi mi radio da me je takvu video, kad je bio onoliko raspoložen prema mojim pristojnim fotografijama.

Ruka mi je brzo prelazila preko klitorisa, mešala sam bokovima na sve strane i grizla usnu da ne bih kriknula. Nisam mogla da se setim kad sam poslednji put bila toliko napaljena. Stiskala sam kolena i pomerala bedra prema prstima. Maštala sam o onome što sam želela, a znala da nisam smela da uradim – zamišljala sam kako ulazim u dnevnu sobu, glumim iznenađenost što ga zatičem kako drka, a onda pristanem da me izjebe. U velikoj fotelji naše dnevne sobe. Sagnula sam glavu, ugrizla usnu i svršila tiho, dok mi je u mislima bila njegova duga kurčina koja je brzo ulazila u mene.

Otvorila sam oči i još neko vreme milovala mokre usmine. Onda sam zavezala mantil, obrisala ruke maramicom i izašla napolje. Sreli smo se u predsoblju. On je u istom trenutku izlazio iz sobe. Izgledalo mi je kao da smo oboje svršili u isto vreme. Želela sam da je bilo tako i prijala mi je ta pomisao. Javio mi se nekako stidljivo, i promrmljao opravdanje zbog čega je tu. Smirio se kad je video da sam raspoložena, i da mi ne smeta što je u stanu. Pitala sam ga da li je gladan, a onda smo seli i zajedno doručkovali.

Dok smo sedeli za istim stolom, to je bio preloman trenutak kad sam odlučila da ću mu dati, šta god zatraži od mene. Odjednom sam dobila neki neobjašnjiv osećaj bliskosti, kao da smo se upravo odlično izjebali, zajedno svršili, a onda zaljubljeni i opušteni seli da zajedno doručkujemo. To je bio prvi put da smo stvarno opušteno razgovarali, bez moje i njegove nervoze. Bez njegove napaljenosti i izgubljenosti i bez mojih strahova. Bio je pristojan i duhovit mladić. Teško je bilo zamisliti da je samo nekoliko minuta pre toga divljački drkao maštajući o tome kako ga zabija u mene. Ali to nisam zaboravljala. Ni to, ni kurac kojeg je drkao.

Takva opuštenost trajala je kratko, do našeg sledećeg susreta. Kad sam ga sutradan srela ispred zgrade, iz daljine sam videla da je ponovo napaljen. Vraćala sam se iz prodavnice, i činilo mi se kao da me je čekao. Stajao je malo dalje od ulaza, i nije gledao u mene.

Mirno sam ušla u zgradu, pozvala lift, a onda začula zvuk otvaranja vrata iza sebe. Javili smo se jedno drugome kad je stao pored mene. Iako smo lepo pričali prethodno jutro, tada je ponovo bio ćutljiv. Sačekao je da se vrata lifta otvore, a onda mi je pokazao rukom da uđem. ”Kakav pristojan mladić”, pomislila sam.

To sam mislila dok sam ulazila unutra. Pritisnula sam dugme za naš sprat, a onda nisam stigla ni da se okrenem ka njemu. Osetila sam kako me je taj pristojan mladić iza leđa naglo uhvatio za dupe. Zaledila sam se u mestu zbog toga. Kao u nekom usporenom snimku, posmatrala sam kako se vrata lifta ispred mene zatvaraju. Znala sam da mogu da ih zaustavim, i da na vreme izađem napolje, ali to nisam uradila. Samo sam gledala vrata ispred sebe, i osećala vrelinu njegovog dlana.

Nepomično je stajao na mom dupetu, a onda je lift krenuo i on je počeo polako da ga pomera. Još uvek nisam mogla da se pomerim. Stajala sam ispred njega, u ruci sam držala kesu sa namirnicama iz prodavnice i slušala ga kako je duboko disao. Zamislila sam šta radi iza mene, i zamislila njegov veliki dignuti kurac iza mog dupeta. Osetila sam kako se i ja isto tako brzo uzbuđujem. Kad sam čula zvuk otkopčavanja šlica, uzdahnula sam i zaustavila lift.

Nisam ništa rekla. Nisam se ni okrenula ka njemu. Mogla sam da ga prekinem, da ga ukorim, zaustavim lift na prvom sledećem spratu i izađem napolje. Ali nisam uradila ništa. Umesto toga, zaustavila sam lift između spratova. Nisam želela da rizikujem da nas neko vidi kad se vrata lifta otvore.

Prijalo mi je to što je radio, i bilo mi je drago što je bio toliko napaljen zbog mene da se uopšte usudio da to uradi. Ali nisam mogla to da mu pokažem. Ipak sam bila njegova starija, udata komšinica. Zbog toga sam se samo pravila blesava, dok mi se pička ubrzano vlažila kao luda. Molila je da je dodirnem, ali samo sam mogla da stojim ispred napaljenog klinca i premeštam se s noge na nogu.

Slušala sam njegovo dahtanje iza leđa, osećala njegove prste kako se napaljeno zarivaju u moje dupe. Gnječio me je snažno dok su mi vrtoglavicu pravili zvuci brzog drkanja iza mojih leđa. Začula sam njegov glasan uzdah i trenutak kasnije pored mog boka proletelo je nekoliko mlazeva bele tečnosti koje su završile na vratima lifta. Dok sam posmatrala guste kapljice kako se slivaju na dole, pomislila sam kako je šteta što su tako protraćene.

Sačekala sam dok se njegovo napaljeno dahtanje nije smirilo. Kad je sklonio dlan sa mog dupeta, pritisnula sam dugme i lift je ponovo krenuo. Izašla sam napolje na našem spratu, bez okretanja sam mirno došetala do svog stana i izvadila ključ. Otključala sam vrata, otvorila ih a onda zastala. Pre nego što sam ušla, okrenula sam glavu ka njemu i pogledala ga. Stajao je ispred svojih vrata, gledao me je pomalo smušeno i postiđeno.

"Doviđenja"

Glas mu je zvučao nekako neodlučno, kao da je želeo da proveri da li je sve u redu i da li se ljutim na njega. Nisam mu ničim pokazala odgovor na njegove nedoumice.

Čim sam ušla unutra, zaključala sam vrata iza sebe, a onda skoro otrčala u sobu. Svukla sam pantalone sa sebe, legla u krevet i dugo drkala sećajući se onog što sam doživela.

Kad sam svršila, setila sam se muža i malo se postidela. Ležala sam na krevetu i raširenih nogu maštala o dugom kurcu našeg komšije. Nisam osetila da sam mu neverna, ali sam svejedno osetila stid. Ustala sam, istuširala se i tog dana mu napravila omiljeno jelo za ručak. Sačekala sam ga obučena u kućni mantil, ispod kojeg sam imala novi donji veš. Bila sam pored vrata kad je stigao sa posla. Malo sam raširila mantil, tek da mu dam nagoveštaj onoga šta ga čeka nakon ručka.

Poljubio me je u obraz i ušao u kuhinju. Sela sam pored njega i posmatrala ga kako sipa supu u tanjir. Gledao me je neko vreme, a onda više nije mogao da izdrži. Uzeo me je za ruku i poveo do sudopere. Naslonila sam se na nju dok mi je on raširio mantil. Gledao me je napaljeno kao da me je prvi put video. Izvadio je kurac i malo ga drkao dok mi je drugom rukom stezao sisu. Sklonio mi je gaćice sa pičke i približio mi se.

Ali nisam želela da se jebemo tu. Uhvatila sam ga za ruku i povela ga u sobu. U našu sobu, onu koja je delila zid sa mladim komšijom. Legla sam na leđa i raširila noge. Muž je legao preko mene i odmah ga gurnuo unutra. Glasno sam zastenjala, namerno. Želela sam da me komšija čuje. Dahtala sam i stenjala svo vreme dok me je jebao. Zamišljala sam komšiju kako drka u svojoj sobi dok me sluša onako napaljenu.

Muž je mislio da sam se naložila zbog njega. Jebao me je kako nije godinama. Osetila sam kako me je nabijao snažnije sa svakim mojim novim krikom. Kurac mu je bio tvrd kao kad smo se prvi put jebali. Svršila sam ponovo sa njim, dok sam osetila kako izliva spermu u mene.

Posmatrala sam ga dok je ustajao sa mene i više nisam osećala stid. Dokazala sam sebi da mu nisam neverna i nisam više osećala grižu savesti zbog komšije.

Kad sam se sutradan probudila, prvo sam se setila njega. Nisam imala nikakvu sumnju da ću ga ponovo sresti, kao slučajno. Obukla sam se za njega. Bele pamučne gaćice, sa tankim trakama koje su išle visoko oko struka, i beli brushalter. Bila sam sigurna da mu neću dati da me tuca, ali sam svejedno želela da lepo izgledam.

Otišla sam do prodavnice i na povratku se stalno osvrtala. Proveravala sam da li me prati. Mislila sam da će ići iza mene, namerno sam obukla uske farmerke, samo zbog toga. Bila sam malo razočarana kad sam videla da ga nigde nema. Pitala sam se da li je odustao, da li je moguće da sam mu dosadila nakon što je jednom svršio pored mene.

A onda sam ga videla ispred zgrade. Jedva sam se suzdržala se ne nasmešim. Bilo mi je drago što me je ipak čekao. Tog dana se više nije ni pretvarao da je to bio slučajan susret. Oboje smo znali zbog čega je stajao sam ispred zgrade. Pristojno mi se javio sa ”dobar dan”, ja sam mu uzvratila i nastavila ka ulazu.

Koliko god da mi je bilo drago što je bio tu, i koliko god da sam ga očekivala, kad sam krenula stepenicama ka vratima zgrade osetila sam kako mi kolena klecaju. Bila sam uzbuđena. Klinac me je jako ložio ali nisam smela da se tucam sa njim. Ipak je bio premlad, drug mog sina i naš komšija. Pa opet, osećala sam kako sam zbog njega bila vlažna između nogu dok sam se žurno penjala stepenicama. Nisam znala da li će probati da me uzme na silu, nisam imala pojma šta je planirao i hteo od mene.

Kad sam stala ispred lifta, pritisnula sam dugme i duboko uzdahnula. Šta god da bude, uskoro ću saznati šta je hteo. Znala sam da ne može da se desi ništa što neću hteti da se desi. Slušala sam njegovo duboko disanje dok smo ćutke čekali lift. Za razliku od prethodnog dana, i ja sam tad bila napaljena dok smo čekali. Bila sam napaljena od kako sam izašla iz zgrade. Njegova blizina je to samo pojačala. Znala sam da je iza mene bio veliki dignuti kurac. Spreman za mene. Mogla sam da osetim komšijine napaljene poglede na sebi.

Kad smo ušli unutra, ponovo je stao iza mene. Pritisnula sam dugme našeg sprata i pretvarala se da mirno gledam ispred sebe. Očekivala sam da me svakog trenutka uhvati za dupe, kao prethodnog dana. Ali izgledalo je da okleva. Prošlo je nekoliko spratova a on se nije pomerao. Već sam mislila da se okrenem ka njemu, i postavim mu neka od onih glupih pitanja namenjenih za običnu komunikaciju u liftu. Samo da bih videla šta radi. A onda sam osetila kako se pomerio iza mene.

Sledećeg trenutka osetila sam njegovu ruku na sebi. Ali ne na dupetu. Zgrabio me je za pičku i čvrsto je stegnuo.

Zastenjala sam od toga, zvuk mi se oteo. Od iznenađenja i napaljenosti. Mislila sam da glumim njegovu stariju, ozbiljniju komšinicu, a opet, moj strasni uzdah je prekinuo tišinu lifta. Prislonio je svoju glavu uz moj potiljak i duboko disao dok mi je dugim prstima snažno i bestidno stiskao pičku. Bez imalo blama i oklevanja, trljao je pičku svoje starije komšinice i nije izgledao da i malo sumnja da ću ga u tome prekinuti. Jedva sam se setila da zaustavim lift.

Uhvatio me je za dlan i povukao mi ruku ka sebi. Naslonio ga je na svoja bedra, i nekoliko puta mojim dlanom prešao preko kurca. Bila sam zadivljena njegovom dužinom, činio mi se još veći dok sam mi prsti prelazili po njemu. Kad je osetio da sam sama nastavila da ga milujem, sklonio je ruku sa mog dlana i uhvatio me za struk.

Slušala sam da ga kako je glasno dahtao, očigledno mu je prijalo. Otkopčala sam mu šlic i drhtavim prstima ga izvukla napolje. Jedva sam se suzdržavala da se ne okrenem ka njemu. Želela sam da pogledam njegovo napaljeno lice, da spustim pogled i vidim kako kurac izgleda u mojoj ruci dok ga drkam, da kleknem ispred njega i popušim mu.

Ali i dalje sam osećala da moram da budem njegova ozbiljna komšinica, nisam smela da se prepustim. Stajala sam ispred njega i pravila se blesava, pretvarala da se ništa posebno ne dešava. Ćutke sam mu drkala iza leđa i mirno gledala ispred sebe. Bio je toliko tvrd da mi se činilo kao da u dlanu držim motku. Njegov dlan se i dalje pomerao između mojih nogu. Počela sam tiho da stenjem dok su mi dugački prsti sve snažnije stezali pičku.

Iznenadila sam se kad je sklonio moj dlan sa kurca. Okrenuo me je licem ka zidu dok sam ga zbunjeno posmatrala. Mislila sam da samo hoće da mu izdrkam, očekivala sam da mu je to i više nego dovoljno. I dalje nisam imala nikakvu nameru da mu dozvolim da me jebe, pogotovo ne u liftu. Već sam birala reči koje ću izgovoriti ako bude probao da mi skine farmerke. Onda sam shvatila da to ipak neće uraditi.

Prislonio me je čvrsto uz zid, i priljubio se uz mene od pozadi. Oslonio je svoj tvrdi kurac na moje dupe i počeo da se trlja o mene. Osetila sam kao da je tvrda topla šipka prelazila preko mog dupeta. Uživala sam u tom osećaju. Prislonila sam obraz na zid lifta, ćutala i čekala. Klinac je dahtao sve glasnije dok je njegova motka brzo pritiskala moje dupe. Mora biti da sam bila previše napaljena kad sam tek tad shvatila da će svršiti na moje farmerke. Nisam mogla da dozvolim da ih isprska.

Mislila sam da bih najradije kleknula ispred njega, uzela ga u ruku i izdrkala ga na svoje lice, ili još bolje u usta. Odavno nisam osetila spermu nekog mladića. Ali nakon toga više ne bih bila njegova ozbiljna komšinica. Znala sam da bi se nakon toga previše opustio, i umislio da može sa mnom da radi šta god hoće.

Zbog toga sam uradila jedino što sam mogla. Otkopčala sam šlic i brzo povukla farmerke i gaćice dole. Čula sam njegov glasni uzdah zadovoljstva kad je osetio da mu kurac klizi preko mog golog dupeta. I meni je prijalo da osetim vrelinu njegove tvrde batine na sebi. Stegnuo mi je sise snažno, još nekoliko puta se protrljao a onda sam osetila toplinu na svom dupetu. Spustio je dlanove, uhvatio me za guzove i stegnuo ih oko njegovog kurca. Divljački brzo je prolazio između njih i tiho stenjao moje ime.

Nije se odvajao od mene ni nakon što je svršio. Moje dupe je bilo potpuno vlažno, osetila sam kako sperma curi ka butinama. Ni ja se nisam pomerala. Prijao mi je osećaj njegovog kurca, dok je polako klizio po meni. Nisam mogla da se pomerim, uživala sam i jedva se suzdržavala da ne spustim prste na pičku. On je stajao pribijen uz mene i tiho stenjao.

U jednom trenutku, glavić mu je zapeo o ulaz u moju guzu. Zastao je na sekund, kao da razmišlja šta da radi, pa je onda ponovo nastavio da klizi. Ali ponovo se zaglavio na ulaz u moje dupe. Znala sam da neće odoleti. Uzeo ga je u ruku, namestio ga pažljivo na ulaz a onda pokušao da ga gurne unutra. Već je bio skoro gurnuo čitav glavić u mene kad sam ga odgurnula i sklonila u stranu. Razumela sam što je želeo da iskoristi priliku, ali nisam smela da dozvolim to.

Odmah se sklonio u stranu, kao da se postideo. Ćutke me je posmatrao dok sam se oblačila. Koliko god da sam želela da prstima obrišem spermu sa sebe, i da dobijem priliku da je poližem, uzela sam maramice i obrisala je sa svog dupeta. Brzo sam obukla pantalone i pritisnula dugme našeg sprata. U ruci sam još uvek držala maramice sa spermom, nisam mogla tek tako da ih bacim. Ćutali smo u liftu, a onda se i ćutke rastali pred vratima.

Ne znam zašto je on ćutao, ali ja sam bila tiha da bih sakrila koliko sam napaljena. Da sam progovorila samo reč, iz mog uzbuđenog glasa bi shvatio koliko sam želela da mi nabije kurac i izjebe me. Jedva sam čekala da uđem u svoj stan. Zaključala sam vrata i naslonila se na njih. Bila sam sama, i imala sam taman dovoljno vremena da se posvetim sebi. Odmah sam ponovo svukla farmerke i gaćice. Zatvorila sam oči i zastenjala kad sam konačno mogla da slobodno dodirnem pičku. Čeznula je za mojim dodirom, bila je već potpuno vlažna.

Prešla sam prstima nekoliko puta preko usmina, a onda sam pogledala svoj drugi dlan. Još uvek sam držala maramicu sa njegovim toplim semenom. Bela gusta tečnost curila je niz moje prste dok sam polako drkala. Skoro bojažljivo sam je prinela pički. Pažljivo sam je naslonila na usmine. Mogla sam da vidim kako se njegova sperma meša sa mojim sokovima. Bila sam uzbuđena, osećala sam se kao da radim nešto zabranjeno. Činilo mi se kao da je on ponovo tu pored mene. Prislonila sam maramicu na pičku i brzo počela da se trljam. Zatvorila sam oči, brzo razmazivala spermu po pički i maštala kako me mladi komšija jebe. Svršila sam brzo i snažno, ali tiho, plašeći se da ne čuje moje krike iz svog stana.

Kad sam završila, još dugo sam prelazila mokrom maramicom preko usmina. Gledala sam pičku zamišljeno i razmazivala spermu po njoj. Prekinula sam tek kad sam čula kako mi muž ulazi u hodnik. Brzo sam ušla u wc da me ne bi zatekao takvu.

Sutradan me je opet sačekao ispred lifta. I sledećeg dana. Ali nije više pokušavao da mi se približi. Samo je drkao kurac dok me je napaljeno gledao. Nije mi više davao da ga uzmem u ruku. Izgledalo mi je da sam previše jako postavila granice, uplašio se i odustao. Bilo mi je žao zbog toga. Nedostajalo mi je da osetim njegov kurac u ruci.

Kako su dani prolazili, sve više sam se ložila na njega, i sve teže mi je bilo da ostanem hladna pred njim. Bio je mlad i zgodan, odavno nisam videla tako tvrd kurac dignut zbog mene, i odavno nisam osetila tako snažnu želju prema meni. Želela sam da me napadne, da strgne svu odeću sa mene, da me siluje, da me divljački izjebe, da me tuca koliko god puta je hteo. Tako bih sebi opravdala svoju želju, lagala bih se da nisam mogla da ga zaustavim. Nisam mogla da uradim ništa sama, nisam mogla da tek tako prihvatim i zavedem klinca, i još druga mog sina.

Tako su prolazili dani. On je drkao na mene u liftu, a ja sam posle drkala sama u stanu.

Onda sam jednog jutra krenula u kupovinu. Obukla sam svoje uske farmerke, patike i široki crveni duks. Prošla sam pored naše prodavnice i nastavila dalje prema hipermarketu. U jednom trenutku, začula sam korake iza sebe. Nisu ni ubrzavali ni usporavali. Okrenula sam se. Naravno, on je hodao iza mene. Nije ni pokušao da sakrije da je buljio u moje dupe. Odmah sam primetila da mu je kurac dignut.

Približio mi se kad je video da ga gledam. Pristojno me je pozdravio i nastavio da korača pored mene. Hodali smo jedno pored drugog u tišini neko vreme. Njegovo prisustvo me je napaljivalo, ali me je istovremeno činilo nervoznom. Malo mi je postajalo naporno naše druženje, u kome ništa ne dobijam. Probao je da započne neku normalnu priču sa mnom, ali sam ga odmah prekinula. Okrenula sam se ka njemu.

"Šta hoćeš ti od mene?"

Pogledao me je ozbiljnim i nekako odraslim pogledom, pomalo začuđeno, kao da se to podrazumevalo.

"Hoću da vas jebem"

Progutala sam knedlu i skrenula pogled. Pitala sam, ali nisam očekivala iskren odgovor.

"Ja sam starija od tebe", gledala sam pravo ispred, "Zar nemaš neku mlađu da juriš?"

"Nijedna nije tako lepa kao vi"

Pokušao je da stavi ruku oko mog struka, ali sam se izmaknula. Ubrzala sam korak i udaljila se od njega. Srce mi je divljački tuklo, i činilo mi se da ga nikad snažnije nisam želela.

Ušla sam u market, uzela korpu i okrenula se. Laknulo mi je kad sam videla da je ušao za mnom, nije se uplašio. Ušetala sam među rafove i usporila korak. Mirno sam razgledala robu, i polako hodala, svesna da prati svaki moj korak. Uživala sam u svojoj blagoj napaljenosti. Koketno sam vrckala guzom znajući da je iza mene dignuti kurac.

Nije mi prilazio sve dok nisam stala pored gajbica sa voćem i povrćem. Dok sam birala krompir i paradajz, on je razgledao krastavce i šargarepu. Pažljivo sam ispod oka pratila šta radi. Činilo mi se kao da bira koji je veći. Na kraju je odabrao najveću šargarepu koju je mogao, i stavio je u kesu. Nisam mogla da verujem. Šta je mislio s tim? Da ću mu dati da me jebe s tim?

Uzdahnula sam i krenula ka kasi. Samo dve su radile, i stvorio se red. Dok sam čekala, nisam se okretala da vidim da li je iza mene. Nisam znala šta bih mu rekla. Onda sam osetila nešto tvrdo na dupetu. Odmah sam znala. Njegova šargarepa. Naslonio je na mene, a onda je zavukao ispod dupeta i provukao između nogu. Gurao je napred i nazad. Nisam znala šta da radim. Pogledala sam oko sebe i malo se opustila kad sam shvatila da to niko ne može da vidi. Pretpostavljala sam da je šargarepa bila velika kao njegov kurac. Prepustila sam se osećaju, mirno stajala i zamišljala da to njegov kurac prolazi između mojih butina.

Ponovo sam se unervozila kad sam izašla napolje. Znala sam šta me čeka – hodanje do zgrade, poziranje za njegovo drkanje u liftu, i usamljena masturbacija u stanu. Išla sam tako u tišini, žurnim korakom, kao da sam želela da sve to što pre odradim.

Onda me je odjednom s leđa zgrabio za članak ruke i povukao u stranu. Prošli smo pored nekog ulaza, vukao me je sve dok nismo stali u prostor između zgrada. Naslonio me je na zid i stao ispred mene. Gledali smo jedno drugog u oči i ubrzano disali. Pustila sam da kese iz marketa padnu na beton. Drhtala sam kao klinka, i čekala. Znala sam, to je to, sad će me konačno jebati. Skinuće mi farmerke, pocepati gaćice i nabiti kurac u mene. Neki čovek je žurno prošao prolazom pored nas, skrenuo je pogled i radoznalo nas odmerio. Video je mladoliku ženu u tridesetim, i tinejdžera koji se spremao da je izjebe. Ne bi mi smetalo da nas neko vidi, samo sam čekala da uđe u mene.

Ali on ga je ponovo samo izvadio, i počeo da ga drka ispred mene. Gledala sam ga razočarano nekoliko trenutaka, a onda pokušala da ga odgurnem. Nije mi dao. Držao me je čvrsto oko struka, i stajao pripijen uz mene. Glavić mu je skoro dodirivao moja bedra. Držala sam dlanove na njegovim grudima i uporno ga gurala. Kad je konačno prestao, pogledala sam ga u oči.

”Ne ovde”

Rekla sam to ozbiljnim glasom. Ali on me i dalje nije puštao iz zagrljaja.

”Ovde je zabavnije nego u liftu”

”Ali tamo ćeš dobiti nešto više”

Oči su mu se raširile. Gledao me je nekoliko trenutaka, a onda je prošaptao, skoro bojažljivo.

”Daćete mi da vas jebem?”

Daću ti kad prestaneš da pitaš, pomislila sam. Odmahnula sam glavom i odmaknula se od zida. Kad sam uzela kese, požurila sam ka zgradi.

”Ajde. I nemoj da hodaš pored mene, videće nas neko”

Odlučila sam da mu popušim. To mi je izgledalo kao kompromis, a i nadala sam se da će ga to opustiti. Osim toga, jedva sam čekala da ga osetim u ustima.

Kleknula sam čim sam ušla u lift. Dok sam mu otkopčavala šlic, osetila sam trzaj lifta koji se zaustavio između spratova. Kurac mi je iz blizine delovao još veći nego ranije. Polako sam ga drkala nekoliko puta dok sam mu lizala jaja. Raširila sam usne koliko sam mogla i stavila taj debeli kurac u usta. Njegovi prsti su mi bili duboko u kosi. Slušala sam ga kako je stenjao dok sam se nabijala na kurac. Ali nisam ni stigla da mu popušim, jedva da sam nekoliko puta usnama prešla preko njega a on je već počeo da svršava. Činilo mi se da nije ni morao da zaustavlja lift.

Pustila sam ga da svrši u mene. Oslonila sam dlan na njegovo dupe i ostavila samo glavić u ustima. Drkala sam mu kurac dok je izlivao tečnost na moj jezik. Sačekala sam da mi se usta napune spermom, a onda je progutala. Kad je završio, još jednom sam se nabila na njega do kraja, sve dok ga nisam osetila u grlu.

Ustala sam, i nisam ga više gledala. Činilo mi se da će misliti lošije o meni ako ga pogledam. Zbog toga sam se pravila kao da se ništa posebno nije desilo. Ali primetila sam njegove oduševljene poglede. Mogla sam da pretpostavim da mu se dotad ništa slično nije desilo.

Kad sam stigla do vrata, dok sam ih otključavala, osetila sam da me posmatra. Pre nego što sam ušla unutra, čula sam jedno bojažljivo ”hvala” od njega. Nisam ništa rekla. Brzo sam ušla, zatvorila vrata za sobom i duboko uzdahnula. Ponovo sam mogla da se opustim i da sebi olakšam.

Tog dana sam odlučila da ću morati da ga jebem. Ako već on nije umeo mene, zavešću ja njega, šta god on kasnije mislio o meni. Nisam više mogla da izdržim. Popodne sam deplirala noge, i obrijala sam pičku. Spremala sam se za klinca iz susednog stana, ali sam i više nego raspoložena sačekala muža kad se vratio s posla. On je bio umoran, i nije delio moje raspoloženje.

Te večeri sam dugo ležala budna pored njega. Razmišljala sam o klincu, maštala kako se tucamo i pitala se kako da ga jebem, a da ne ispadnem kurva. Tok misli prekinuo mi je zvuk nove poruke. Trgnula sam se. Nisam znala nikoga ko bi mi pisao tako kasno. Dobila sam video poruku, od njega. Nisam imala pojma odakle mu moj broj, i nisam imala vremena da razmišljam o tome. Pogledala sam ka mužu, i kad sam se uverila da on spava, brzo sam ustala i otišla do kupatila. Sela sam na kadu, utišala zvuk i pustila snimak.

Na ekranu je bio kurac. Njegov veliki kurac, u krupnom planu. Drkao ga je brzo. Slušala sam njegovo napaljno dahtanje i ruka mi se sama spustila između nogu. Pitala sam se koliko je star snimak, kad ga je snimio.

Nova poruka je stigla i pre nego što se snimak završio. Pisalo je ”Izađi u hodnik ispred stana”. Odmah sam shvatila da je to ozbiljno mislio. To je bio prvi put da mi nije persirao. Zbunjeno sam ustala i prišla ogledalu. Lice mi je bilo bez šminke, ali sam bila zadovoljna izgledom. Popravila sam kosu, a onda brzo došla do ulaznih vrata. Već sam se bila uhvatila za kvaku, kad sam povukla ruku ka sebi. Bila sam kao izgubljena. Kako da izađem u to doba? Šta ako me muž čuje?

Vrtela sam se po predsoblju sve dok nije stigla nova poruka. ”Izađi, hoću da te isprskam”. Nasmešila sam se kad sam pročitala poruku. Mogla sam da zamislim koliko je bio napaljen. Uzdahnula sam, brzo se vratila u kupatilo i skinula sve sa sebe. Navukla sam neke seksi bele gaćice i beli brus. Preko toga sam obukla bade mantil, navukla ga preko golog tela i izašla ispred stana.

Naš hodnik je bio zajednički, sa zatvorenim i zaključanim vratima. U njemu su pored naših bila još dva stana, ali ne sećam se kad sam poslednji put videla komšije. Pogotovo nikoga nisam očekivala tako kasno. Moj mladi komšija je već stajao u polumraku na hodniku. Pantalone su mu bile spuštene, a kurac visoko uspravljen. Držao je ruke na bokovima, i izgledao je kao da je samo mene čekao da bi počeo. Nije držao kurac, kao da se plašio da ne svrši bez mene.

Pripremila sam nešto novo za njega te večeri. Upalila sam svetlo i prišla radijatoru pored mojih vrata. Naslonila sam se na njega držeći ruke prekrštene preko grudi, pazeći da se mantil slučajno ne raširi pre vremena. Odmah ga je uzeo u dlan i počeo da drka. Gledao me je pravo u oči i izgledao kao da baš uživa u tome. Pustila sam ga nekoliko trenutaka, a onda sam uhvatila ivice mantila. Pogledala sam ga dubokim pogledom, a onda polako počela da povlačim mantil u stranu.

Gledala sam kako mu se usta otvaraju. Spustio je pogled i širom otvorenih očiju bez treptanja leteo preko mog tela. I dalje sam imala gaćice i brushalter, ali i to što je video je za njega bilo dovoljno. Znala sam da će ubrzo da svrši. Napravio je korak napred i ubrzao pokrete rukom.

Želela sam da ga još počastim. Spustila sam ruku do gaćica i brzo ih povukla u stranu. Zaječao je glasno kad je to video. Pička njegove prve komšinice, sveže obrijana, po prvi put pred njim. To mora da je bio napaljiv prizor za njega. Kad sam ga pogledala u tom trenutku, shvatila sam nešto novo. Trajalo je samo sekund ili dva, ali za to kratko vreme mi je odjednom izgledao kao dečak. Kao da je po prvi put video pičku. Nisam mogla to da objasnim sebi, ali nekako sam znala. I pored njegove hvalisavosti i napadnosti, još uvek je bio nevin.

Razmišljala sam o tome dok su me zalivali mlazovi njegove sperme. Držala sam mantil široko raširen, a njegova topla tečnost je prskala po mom telu. Prišao mi je sasvim blizu, taman dovoljno da sam mogla da ga uhvatim za dupe i privučem sebi. Dok je drkao i cedio poslednje kapi iz sebe, glavić mu je brzo udarao po mom klitorisu. Tek tad sam osetila koliko sam napaljena. Zatvorila sam oči i tiho stenjala.

Moja ruka je i dalje bila na njegovom dupetu. Kao sama od sebe, povukla ga je snažno napred ka meni. Glavić je kliznuo preko klitorisa, provukao se između usmina i ušao u mene. Klinac se odmah nabio do kraja. Zavrtelo mi se u glavi od toga. Zatvorila sam oči i ugrizla usnu da ne bih kriknula.

”Jebi me”

Odmah je nastavio. Kurac mu se nije ni spuštao u meni. Stavio je oba dlana preko mojih sisa i brzo dahtao. Jebao me je brzo, kao mašina, kao da se plašio da se ne predomislim. Stalno je šaputao moje ime dok je klizio u meni.

Stavila sam dlan na njegov potiljak, privukla ga bliže i poljubila. Spojila sam usne sa njegovim i provukla jezik između njegovih usana. Želela sam to da uradim dok me je jebao, osetila sam neku bliskost sa njim. Mislim da sam svršavala svo vreme dok je ulazio u mene, još od kako sam prvi put osetila njegov glavić na sebi. Negde u podsvesti mi je stajala misao o mom mužu koji je spavao negde u stanu iza mojih leđa, dok sam se ja jebala sa mladićem iz komšiluka. Ali umesto da osetim grižu savesti zbog toga, to me je još više ložilo. Jebala sam se kao prava kurvica, na radijatoru u hodniku, raširenih nogu i u bade mantilu.

Kad sam osetila njegovu spermu duboko u sebi, na trenutak sam se trgnula. Ali sam se odmah ponovo opustila. Setila sam se da nije bio sa drugim devojkama, a tog dana je mogao da me puni koliko god je hteo. Činilo mi se da je dugo svršavao, kao da su minuti prolazili a on ga nije vadio. Slušala sam zvuke šljapkanja, osećala kako sperma već curi iz mene a on me je i dalje jebao istim ritmom. A onda sam shvatila da je svršio, samo ne želi da ga izvadi. Verovatno je mislio da je to jedinstvena prilika da me jebe, i da mu više neću dati, pa je želeo da iskoristi što je moguće duže. Nasmešila sam se u sebi i blago ga odgurnula.

Uspravila sam se i spustila pogled. Sa mojih sisa i stomaka curila je njegova tečnost. Nisam mogla da zatvorim mantil preko toga, a nisam želela da skupljam spermu prstima pred njim. Okrenula sam se i tako raskopčana pošla ka vratima. Uhvatio me je za dlan ruke i zaustavio. Približio mi se i još jednom me poljubio. Pokušao je nešto da kaže, verovatno nešto o tome kako mu je bilo super i kako sam mu bila prva, ali nisam želela da ulazimo u te priče. Stavila sam mu kažiprst preko usana, i polako se ponovo okrenula ka vratima.

Ušla sam u stan tako gola i isprskana spermom. Samo sam se nadala da moj muž spava. Da me je video takvu, nije postojalo ništa što bih mogla da kažem u svoju odbranu. Čim sam ušla brzo sam otišla u kupatilo. Mogla sam da obrišem spermu maramicom, ali želela sam da ponovo osetim njegovu tečnost. Pažljivo sam je skupila sa sebe, a onda sve to polizala.

Tiho sam ušla u sobu, pustila da mantil padne na pod, a onda legla gola pored muža. Nisam se tuširala. Milovala sam golu pičku, još mokru od mojih sokova i njegove sperme. Ne sećam se kad sam bolje spavala.

Sutradan me je komšija sačekao ispred zgrade posle posla. Ušli smo ćutke u lift. Odmah je stavio dlan preko mog dupeta, to se kao podrazumevalo. Ali nismo zaustavljali lift. Verovatno se i njemu činilo da smo to prevazišli. Ali nisam znala šta je hteo od mene. Nije mi padalo na pamet da se jebem s njim usred dana u hodniku.

Sklonio je dlan sa mene kad smo izašli iz lifta. Zajedno smo ušli u hodnik, a onda me je uhvatio za ruku i blago povukao ka svom stanu.

Gledao me je skoro molećivo. Pogledala sam ka stanu. Znala sam da mi muž još nije stigao s posla. Klimnula sam glavom a onda krenula za komšijom. Imala sam vremena za jedno jebanje.

Uveo me je u stan, pa onda u svoju sobu. ”Znači to se ovde dešavalo”, pomislila sam, ”Ovde je drkao misleći na mene”. Zagrlio me je i poljubio. A onda je prošaptao, kao da mi je čitao misli.

”Kad biste samo znali koliko puta sam ovde maštao o vama”

Već sam mu otkopčavala šlic i vadila mu kurac. Pustio me je da nekoliko puta pređem čitavom dužinom preko njega, a onda mi je otkopčao pantalone. Svukao ih je i spustio se dole sa njima. Klečao je ispred moje pičke. Imala sam obične bele gaćice, i još sa cvetićima. Bio me je skoro blam. Približio mi se i poljubio mi pičku kroz tanku tkaninu. Osetila sam kako sam počela da curim dok su njegove usne prelazile preko pamuka.

Odmaknuo se i polako svukao gaćice sa mene. Klečao je nepomično nekoliko trenutaka, zagledao se u pičku kao da je najvažnija stvar na svetu. Znala sam da to nikad ranije nije video, pa sam ga pustila. Onda mi se ponovo približio. Stavio je usne preko mojih usmina. Ljubio ih je kao da ljubi moje usne. Prelazio je preko njih, ljubio i nežno držao među svojim usnama. Zavukao je jezik između njih i pomerao ga brzo. Kad sam osetila da je prešao na klitoris, zaustavila sam ga. Nisam želela da mi liže pičku, želela sam da me jebe.

Okrenula sam se ka krevetu. Na njemu je bio samo beli čaršav, novi i čist. Očigledno ga je spremio za mene. Skinula sam pantalone i gaćice i odmah skočila na krevet. Legla sam na leđa i raširila noge. Držao je kurac u ruci. Gledao me je sa uživanjem nekoliko trenutaka, a onda se popeo na mene. Uzela sam kurac i sama ga gurnula u sebe.

Iako sam dole bila gola, na sebi sam još uvek imala sako i tanki džemper ispod njega. Jebao me je oslonjen na jednu ruku, dok je drugu zavukao ispod džempera i nežno mi stezao sisu.

Nije me dugo jebao. Očekivala sam da ponovo svrši u meni, ali izvadio ga je i brzo me opkoračio oko struka. Trgnula sam se kad sam videla kurac iznad svog džempera. Mora da je video moj uplašeni pogled. Pomerio je bedra napred i postavio kurac iznad mog lica baš u trenuku kad je iz njega počela da šiklja sperma. Zatvorila sam oči i uživala u toploti koja je prelivala moje obraze.

Kad je završio, nisam ga puštala. Uhvatila sam ga čvrsto za kurac dok sam brzo prelazila prstima preko klitorisa. Gledala sam ga u oči i napaljeno drkala.

"Jel bilo dobro, jel bilo bolje nego što si ovde zamišljao?"

"Bilo je puno, puno bolje"

Prijalo mi je da čujem to. Podigla sam glavu i svršavala zatvorenih očiju, sa njegovim kurcem u ustima.

Ustala sam istog trenutka kad je orgazam prestao. Njegov kurac se ponovo nije spuštao, a nisam imala vremena za novo jebanje, pa sam htela da odem pre nego što dobije neku ideju. Zbog toga sam brzo navukla gaćice i pantalone. Koliko god da sam ponovo htela da prstima obrišem spermu, morala sam da budem fina. Uzela sam maramicu, obrisala lice i odmah se okrenula ka vratima. Kao što sam očekivala, uhvatio me je za ruku.

"Gde žurite, ostanite još malo"

"Moram, nemam vremena"

Zastala sam pored vrata i čekala da ih otključa, nisam želela da ispadne da sam bežala od njega. On je obukao bokserice i laganim korakom mi prilazio. Videla sam kako me je napaljeno odmeravao, ali sam se pravila blesava. Nisam pokazivala ni da sam primetila ogroman podignuti kurac kako mu viri iz bokserica.

Kad je stigao do mene, okrenula sam se ka vratima. Ali umesto da ih otvori, zagrlio me je od pozadi. Sklonio mi je kosu sa ramena i poljubio me u vrat.

"Moram još jednom"

Zvučalo je kao opravdanje. Ili izvinjenje za ono što je sledilo. Spustio je dlanove niže i brzo mi otkopčao pantalone. Pre nego što sam stigla da odreagujem, svukao ih je dole. Gurnuo me je ka vratima dok se nisam naguzila, a onda ga je zabio u mene.

Nisam ni pokušala da ga zaustavim. Činilo mi se besmislenim. Osim toga, nije mi smetalo novo jebanje. Samo sam planirala da stignem kući pre muža. Ali čim sam ponovo osetila komšijin kurac u sebi, pomislila sam kako to nije važno.

Jebao me je grubo, nabijao me je svom silinom na vrata. Oslanjala sam se dlanovima, ali ipak sam nekoliko puta dobro udarila glavom o njih. Ponovo sam bila napaljena i spremna da svršim. Jebi me, ponavljala sam u sebi, samo me jebi. Tek tad sam postala svesna da mu nisam znala ni ime. Koga zanima ime kad ima tako dobar kurac.

Bila sam blizu svršavanja kad se odjednom začulo zvono na vratima. Ja sam se prenula i trgnula, ali on nije. Nastavio je da me jebe kao da se ništa nije desilo. Verovatno bi me jebao i da je počeo rat. Ne bi ni tad prekidao. Zvono se ponovo čulo. Neko je stajao sa druge strane vrata na kojima smo se jebali. Okrenula sam se ka njemu.

”Hoćeš da otvoriš?”

Čim sam to prošaputala, ugrizla sam se za jezik. Šta ako je to bio moj muž? A moj mladi jebač mu otvori vrata? Nisam imala pojma zašto bi on dolazio tu, ali odjednom me je uhvatio neki strah od toga.

Osetila sam kako kurac izlazi iz mene. Pomerila sam se iza vrata dok je on navlačio bokserice preko kurca. Otvorio je vrata i široko se osmehnuo.

”Ej, ćao. Otkud ti?”

Odahnula sam. Nije moj muž. Ali smirenost je trajala samo dok nisam prepoznala glas gosta. Bio je to moj sin. Stajala sam polugola, dok su sa druge strane vrata njih dvojica pričali. Moj sin je nabavio neku novu igricu, i zvao ga je da igraju zajedno. Dogovorili su se da se vide za sat, dva. Pričali su još malo, a onda je moj komšija zatvorio vrata.

Bila sam naslonjena na zid. Tek tad sam ponovo postala svesna da je moj jebač zapravo klinac, tek malo stariji od mog sina, i uz to još i njegov drug. Pitala sam se šta radim tu, gola u njegovom stanu.

Takvo razmišljanje trajalo je samo dok me ponovo nije obuhvatio oko struka, okrenuo ka vratima i nabio na njih. Kad ga je gurnuo u mene i počeo da me jebe, setila sam se zašto sam tu. Možda je trebalo da osetim grižu savesti što sam se jebala sa drugom svog sina, ali to me je još više napalilo. Klinac koji je mogao da smuva koju god je hteo vršnjakinju, ipak je želeo da jebe mene. Osetila sam se mlađom i poželjnom.

Bila sam uzbuđena i brzo sam svršila. Nakon toga sam oslonila glavu na vrata i strpljivo sačekala na njega. Nisam se pomerala dok me je punio od pozadi. Slušala sam ga kako stenje, i čim ga je izvadio iz mene, navukla sam pantalone, poljubila ga u obraz i izašla napolje.

Kući sam se odmah istuširala i presvukla. Sačekala sam muža i mirno ručala s njim, kao i svakog drugog dana.

Kad se nekoliko sati kasnije začulo zvono na vratima, požurila sam da budem prva da ih otvorim.

Komšija se smeškao na hodniku.

”Dobar dan”

Uvela sam ga u sobu, i sve je nekako odjednom izgledalo kao pre. On je bio drug mog sina, a ja ozbiljna gospođa iz susednog stana. I on se ponašao nekako normalno i pristojno. Jedva da sam mogla da zamislim da je samo nekoliko sati pre toga njegov kurac svršavao duboko u meni.

Ipak, kad sam malo kasnije odnela sok i kolače u njihovu sobu, osetila sam kako drhtim dok sam spuštala čaše.

Muvala sam se po kući dok je on bio tu, tražeći neku zanimaciju. Pretvarala sam se da mi nije čudno što je tu, i pravila se da ne primećujem kako sam sve nervoznija i sve više napaljena. Onda je počeo dnevnik. Znala sam da je to značilo da narednih pola sata moj muž ne postoji za ostatak sveta, i obrnuto. Krenula sam ka kuhinji, mislila sam da operem sudove, a onda sam zastala ispred njihove sobe. Dok sam ih slušala kako pričaju dok igraju, setila sam se da je moj sin tek nabavio novu igricu. Što je značilo da malo šta može da ga odvoji od toga.

Oklevala sam samo trenutak, a onda sam žurno otišla u svoju sobu. Svukla sam sve sa sebe, i navukla onaj isti bade mantil u kojem me je komšija prvi put jebao. Došla sam ponovo do njihovih vrata, sačekala da drhtavica prestane, a onda sam polako ušla, trudeći se da delujem smireno.

"Evo još soka, mislila sam, ako vam treba"

Samo me je komšija pogledao na trenutak. Klimnuo je glavom, a onda se ponovo okrenuo ka monitoru. Trebalo mu je sekunda da bi shvatio a onda se ponovo brzo okrenuo ka meni. Nisam želela ništa da mu kažem, nisam ga ni pogledala čudno, ponašala sam se potpuno normalno. Želela sam da sam shvati. Pogledao je moj bade mantil, odmerio me je i video moja gola stopala. Izgledao je kao da nije siguran u ono što je pomislio, a ja nisam želela da mu olakšam. Pretvarala sam se da sam samo mama njegovog druga, i ništa više od toga. Bilo je dovoljno to što sam se skinula gola, nisam želela da ispadne da ga molim za jebanje.

Kad sam zatvorila vrata za sobom, stala sam na drugoj strani hodnika. Bila sam malo nervozna, nisam znala da li je shvatio poruku. Nadala sam se da jeste, izgledala mi je dovoljno jasna, i nisam mislila da je glup. Odahnula sam kad su se vrata otvorila. Nisam odolela, osmehnula sam mu se. Široko sam raširila mantil i pokazala mu golo telo. Iz jedne sobe čule su se najnovije vesti, a iz druge zvuk igrice. Između toga, samo nas dvoje.

Izgledao je uplašeno kad me je video golu. Požurio je ka meni. Valjda je mislio da me pokrije. Ali čim je stigao blizu, kleknula sam ispred njega. Mirno sam mu otkopčala šlic dok se on osvrtao oko sebe. Čula sam kako mi nešto nervozno i uplašeno šapuće, ali nisam obraćala pažnju na to. Izvadila sam mu kurac i počela da mu pušim.

Ni sama nisam znala odakle mi hrabrosti za to. Valjda kad sam videla da je on uplašen, verovatno sam želela da se pravim važna. Ali dok sam imala kurac u ustima, i ja sam osluškivala šta se dešava u sobama pored nas. Koliko god da su dnevnik i igrica bili zanimljivi, ipak je moglo da se desi da neko od njih dvojice odjednom izađe napolje i zatekne nas.

Ali baš to je bilo ono što me je uzbuđivalo, baš to što sam pušila kurac pored njih, i što su tako lako mogli da me vide. Pušila sam strasno i slasno, i uživala u kurcu kao nikad do tad.

Polako sam ustala i osmehnula se zbunjenom komšiji. Okrenula sam se i polako ušla u kupatilo. Došetala sam do umivaonika, oslonila dupe na njega i ponovo raširila mantil ispred svog mladog jebača. Prišao mi je, stavio ruke oko mog struka i poljubio.

Na trenutak se prenuo kad sam mu uzela kurac u ruku i privukla ga sebi.

”Ali vaš muž je tu”

”Da, ali zar to nije seksi? On je tu, ali me ipak ti jebeš”

Glasno je zastenjao umesto odgovora. Očigledno mu je prijalo da to čuje. Odmah ga je nabio do kraja u mene. Obgrlila sam ga oko vrata dok me je jebao. Bili smo tihi, ali činilo mi se da čitavo kupatilo odzvanja od našeg tucanja. Prijalo mi je da osetim njegov kurac u sebi, bila sam napaljena i uživala sam, ali nisam mogla da se dovoljno opustim. Govorila sam sebi da je dnevnik glasan, kao i igrica, i da nema šanse da nas čuju, ali ipak nisam mogla da svršim.

Moj jebač nije imao tih problema. Jebanje u kupatilu u mom stanu, dok mi je muž u susednoj sobi, sve to mu je izgleda prijalo. Brzo je svršio i ponovo me je punio spermom. Pogledao me je kad ga je izvukao, kao da je očekivao da mu kažem šta da radi. Uspravila sam se i odmaknula.

”Sačekaj me, dolazim odmah”

Nadala sam se da može još jednom. Pogledala sam se u ogledalo, malo popravila kosu i krenula ka vratima.

U hodu sam zavezala pojas mantila oko struka. Došla sam do dnevne sobe, malo zastala na vratima a onda ušla unutra. Moj muž nije skidao pogled sa dnevnika. Prošla sam ispred televizora i pretvarala se da tražim nešto na polici. Osećala sam kako mi sperma izlazi iz pičke i polako curi niz butine. Moj muž mi je rekao da se sklonim ispred televizora, jer od mene ne može da vidi nešto. Nasmešila sam se u sebi. Uzbuđivala me je pomisao što sam gola ispred njega i što on nema pojma o tome. Što nema pojma koliko sam napaljena i kako sam se dobro jebala u kupatilu. Bilo mi je drago zbog toga što je bio tako nezainteresovan. Osetila sam kao da sam dobila dozvolu da mogu opušteno da nastavim da se jebem.

Čim sam se vratila u kupatilo, bacila sam mantil u stranu. Pogledala sam kurac mladića koji me je čekao i radosno se osmehnula kad sam ga videla dignutog. Pomilovala sam ga u prolazu, a onda sam se naguzila pored umivaonika. Osetila sam njegov dlan na dupetu, milovao me je dok je drkao. Onda je gurnuo svoj tvrdi kurac u mene i počeo da me jebe.

Pridigla sam se i posmatrala nas u ogledalu. Tu sam se obično šminkala, nisam ni sanjala da ću se nekad jebati na tom mestu. Kroz moj rašireni mantil videle su se sise, skakutale su divlje dok me je nabadao od pozadi. Njegovo lice i grudi bili su oznojani. Lupao me je bedrima brzo po dupetu, kao da je želeo što pre da svrši. Stenjao je glasno, kao u transu.

”Kako ste vi dobra pička, kako ste dobra pička...”

Još uvek mi je persirao. Ložilo me je to. Kao, i dalje me poštuje, iako divljački zabija svoju kurčinu u mene. Moji prsti su brzo prelazili preko klitorisa kad sam počela da svršavam. Još uvek sam drhtala kad me je uhvatio i povukao dole. Dok sam se tresla u orgazmu, nabio mi je kurac između usana i izdrkao mi u usta. Mumlala sam zadovoljno dok sam osećala kako mi je sperma punila usta. Držao me je čvrsto za glavu, nabio me je na kurac i nije me puštao sve dok i poslednja kap nije iscurila iz njega.

Kad smo se upristojili, držeći se za ruke vratili smo se u predsoblje. Smejuljili smo se ćutke kao tinejdžeri. On je ušao u sobu kod mog sina da nastavi sa igricom, a ja sam otišla da tako dobro izjebana nedužno sednem pored muža.

Sledećeg jutra, šminkala sam se na istom mestu na kome sam se prethodnog dana jebala. Smeškala sam se svom odrazu u ogledalu dok sam se prisećala toga. Pritiskala sam bedrima ivicu umivaonika i uživala u sporom šminkanju.

Prekinula me je nova sms poruka. Od njega. Pisalo je ”A da vi danas ne odete na posao?”. Razmišljala sam samo na trenutak, a onda mu odgovorila ”može”. Nazvala sam firmu i rekla da neću doći. Muž je već bio otišao na posao. Nastavila sam šminkanje, ovaj put samo za komšiju, i čekala da mi sin ode u školu. Kad sam čula njegov pozdrav i zatvaranje vrata, prekinula sam šminkanje. Skinula sam sve sa sebe, obukla samo cipele sa visokom potpeticom i tako gola izašla u predsoblje. Mislila sam da mu pošaljem poruku da ga čekam, ali on je već zvonio na vrata.

Otvorila sam ih širom, a onda tako zastala nekoliko sekundi. Pružila sam mu priliku da me dobro odmeri tako golu. Otvorenih usta me je posmatrao, a onda odmerio od glave do pete. Okrenula sam se od njega i tako gola laganim korakom ušetala u kuhinju. Sela sam na sto a onda se ispružila preko njega. Podigla sam noge sa cipelama i raširila ih. Prstom sam ga pozvala da dođe.

Gledao me je zapanjeno. Mislim da nije očekivao takav prizor. Moje noge su bile širom raširene ispred njega, a pička ga je spremno čekala, kao na tacni. Nije treptao dok je zurio u mene. Videla sam kako je izvadio kurac, držao ga je u ruci i drkao dok mi je prilazio. Nije se skidao, samo ga je gurnuo u mene i jebao na tom kuhinjskom stolu.

Kad smo završili, skuvala sam nam kafu. Sedeli smo za tim istim stolom i ćaskali. Izgledali smo kao dvoje običnih komšija koji pijuckaju jutarnji napitak. Osim što sam ja i dalje sedela potpuno gola.

Povela sam ga u dnevnu sobu kasnije, nakon što sam skinula sve sa njega. Posle toga pokazala sam mu i spavaću sobu, i upoznala ga sa našim bračnim krevetom. Jebao me je divljački tamo, i svršio glasno. Mislim da ga je naložila pomisao da je to bilo moje mesto za jebanje, i to što je i on dobio priliku da me tamo izjebe. Nakon toga smo opet otišli u dnevnu.

Kad smo završili, već je skoro bilo prošlo čitavo radno vreme. Obukao se u predsoblju, tamo gde sam u brzini bacila njegove stvari. Onda me je poljubio i pomilovao mi pičku. Prošaptao je nešto o tome kako mu je bilo fenomenalno, a onda je krenuo ka vratima. Obukla sam svoj bade mantil i ispratila ga.

Kad sam zatvorila vrata, uzdahnula sam. Nisam bila znala gde ću pre. Htela sam da se istuširam, trebalo je da napravim neku hranu, a morala sam i da smislim šta ću mužu da kažem zašto nisam otišla na posao i šta sam radila u kući čutav dan. Bila sam umorna za sve. Otišla sam u dnevnu sobu i umorno sela u trosed. U onaj na kome me je komšija jebao sat vremena pre toga. Tucao me je u svakoj sobi tog dana. Gledala sam oko sebe i osmehivala dok sam se prisećala toga.

Trgla sam se kad se začulo zvono. Pomislila sam da mi je to bio muž, verovatno je bio zaboravio ključ. Vezala sam mantil i otključala vrata.

Nije bio muž. Komšija se vratio. Jednom rukom me je zgrabio oko struka i povukao snažno ka sebi, a drugom je razvezivao moj pojas. Raširio mi je mantil, izvadio kurac i gurnuo ga u mene. Počeo je da me jebe na još uvek otvorenim vratima.

"Nemoj, doći će mi muž, samo što nije"

"Neće, čućemo lift. Moram još malo..."

Jebao me je kao da mu je poslednje. Pustila sam ga, šta sam drugo mogla. Obuhvatila sam ga rukama oko vrata i ćutala. Osluškivala sam zvuk lifta, i bila spremna da sve prekinem ako stane na našem spratu. Moj jebač se znojio, stenjao i dahtao dok ga je brzo gurao u mene. Jebao me je sigurno petnaest minuta. Kurac mu je bio dignut, bio je napaljen, ali posle onoliko jebanja nije mogao tako brzo da svrši.

Dosadilo mi je to klackanje. Potapšala sam ga po ramenu i blago mu dlanom odgurnula stomak.

"Okej, dosta za danas. Nastavak sutra"

Pogledao me je nekako razočarano na trenutak, a onda je klimnuo glavom. Izvadio ga je iz mene i brzo otišao u stan.

Kad sam se vratila, samo sam legla na krevet i odmah zaspala. Mužu sam kasnije rekla da mi nije bilo dobro i da zbog toga nisam otišla na posao. Poverovao je.

Sutradan mi je od komšije u isto jutarnje vreme stigla slična poruka. I sledećeg dana. Svaki put isto - jebanje u praznom stanu, na svim mogućim mestima. Nakon nekoliko dana, činilo mi se da muž počinje nešto da sumnja. Verovatno se nešto u mom ponašanju promenilo. Sigurno je tolika količina kurca, strasti i sperme uticalo na mene. I sama sam znala da to nisam mogla da sakrijem.

Jednog jutra, uvela sam komšiju u našu dnevnu sobu. Seo je na dvosed, ja sam sela preko njega i počela da ga jašem. Zagrlila sam ga oko vrata, nabila mu glavu na sise i napaljeno skakutala po njemu. A onda sam začula zvuk otvaranja ulaznih vrata. U istom trenutku sam se zaledila. Znala sam da je muž. Brzo sam ustala sa komšije, dobacila mu stvari da se obuče, a onda preko svog oznojanog tela navukla bade mantil.

Kad je ušao u sobu, trudila sam se da sakrijem drhtavicu. Nas dvoje smo stajali u sobi, obučeni ali još uvek zadihani i oznojani. Izgledali smo sumnjivo na svaki mogući način. Mužu sam rekla nešto o tome kako je komšija došao da traži našeg sina, pa mu je trebala neka knjiga koju smo tražili u dnevnoj sobi. I da nije ranije sumnjao, posumnjao bi nakon takvog opravdanja.

Ali nije ničim pokazao da mu je bilo šta sumnjivo. Klimnuo je glavom i odmahnuo rukom, a onda je seo na trosed. Pogledao je moj čvrsto vezani bade mantil.

"Kako si ti?"

"Bolje mi je, mislim da sam ozdravila, sutra bih mogla na posao"

"Odlično. Oćeš da nam skuvaš dve kafe onda?"

"Naravno"

Klimnula sam glavom i jedva čekala da zbrišem u kuhinju. Moj komšija je ustao za mnom.

"Idem ja. Doći ću kasnije po onu knjigu"

Mislila sam da je to bila odlična ideja, ali moj muž nije imao nameru da ga pusti.

”Ajde sedi još malo, pravi mi društvo, da ne pijem kafu sam”

Kad sam im kasnije sipala kafu, sela sam pored muža. Stavio je dlan preko moje butine. Još uvek sam bila gola ispod bade mantila. Neko vreme su ćutke pili kafu, a onda je moj muž progovorio.

”Jel imaš ti devojku?”

”Nemam”

”Eno ni moj sin nema, stalno igra neke igrice, valjda nema vremena. Jel igraš ti te igrice?”

”Onako, ponekad”

”Treba da nađeš devojku. Mlad si, treba da imaš neko žensko pored sebe. Moraš da jebeš neku svoju devojku”

Lupila sam ga po ramenu.

”Hej! Kakav je to rečnik? Pusti dečka, naći će”

Pogledao me je, a onda mi je pokazao da mu sednem u krilo. Odmah sam poslušala.

”Evo vidiš ova moja. Koliko je ona starija od tebe? Kol'ko si starija?”

”Tako, petnaestak godina”

”Eto. Nije toliko starija, mogao bi da nađeš i neku njenih godina da jebeš, ako ti se to sviđa”

Komšija je delovao zbunjeno.

”Pa ne, ja više, onako, moje godište volim”

”A šta misliš o njoj?”, klimnuo je glavom prema meni, ”Jel bi jebao moju ženu?”

Taman sam se spremala da ga ponovo opomenem, kad je uhvatio moju ruku i stavio je između svojih nogu. Kurac mu je bio dignut, tvrd kakav odavno nije. Laknulo mi je istog trenutka. Bilo mi je jasno da nas je provalio, ali tad sam osetila da ga je to uzbudilo. Znala sam da neće praviti scenu. I ja sam mirno okrenula glavu ka komšiji, čekajući odgovor.

”Pa vaša supruga je...”

”Pusti ti to moja supruga. Jel bi je jebao? Vidiš kako je dobra pička”

Uhvatio me je za sisu i stegnuo. Osetila sam kako počinjem da se ložim. Sama pomisao da sam u sobi sa dva muškarca naložena na mene činila je da počnem da drhtim. Komšija je gledao kako mi muž gnječi sisu pa je onda bojažljivo nastavio.

”Jeste, gospođa je vrlo lepa”

Muž se okrenuo prema meni, delovao je pomalo razočarano.

”Ovaj ti je mnogo fin. Jel bi htela da mu popušiš kurac, da ga malo opustiš?”

Koliko god da sam bila svesna da je znao za nas, nisam mogla tek tako da se prepustim.

”Pa kako sad, komšija je samo navratio i...”

Prekinuo me je odmah.

”Ako se vas dvoje već jebete, hoću bar da vidim to”

Ućutala sam. Prekinuo je svoju malu igricu i bio direktan, što je značilo da nema rasprave. Uhvatio me je u prevari i mogla sam samo da slušam šta mi kaže, i budem srećna što nije bio ljut. Uzdahnula sam i pogledala komšiju. Razmenila sam kratki pogled sa njim, a onda sam polako ustala.

Bio je potpuno zbunjen dok sam mu prilazila. Gledao je čas u mene, čas u mog muža i izgledao kao da nije znao šta se dešava. Prišla sam mu i kleknula ispred njega. Raširila sam mu kolena a onda mu polako otkopčala šlic. Kurac mu je bio dignut kad sam ga izvadila. Odmah sam počela da mu pušim. Imala sam osećaj da sam crvena kao bulka. Bila sam svesna da muž ne skida pogled sa mene, i bilo mi je neprijatno što pred njim pušim kurac komšiji.

Nakon nekog vremena, osmelila sam se i pogledala ka njemu. I on je otkopčao svoje pantalone. Izvadio je kurac i drkao ga dok nas je gledao. Laknulo mi je kad sam videla da je napaljen, mogla sam da se opustim. Pušila sam i istovremeno gledala muža kako drka, a onda sam ustala kad me je pozvao prstom. Zavodljivo sam prošetala preko sobe i stala ispred njega. Otkopčao mi je kajš na mantilu, dobro me odmerio a onda sam kleknula između njegovih nogu. Nastavila sam da pušim. Muž je stavio dlan na moju glavu i pogledao ka komšiji.

"Dobro puši ova moja, a? Na ovom kurcu se učila i vežbala godinama"

Ćutala sam i pušila. Slušala sam ga kako stenje od uživanja. I meni je prijalo što sam ponovo osetila kako mi je njegov kurac ispunio usta. Bio je tvrd i veliki kakav odavno nije bio. Spustila sam dlan između nogu i počela da drkam koliko sam bila srećna i napaljena.

Kad ga je izvadio iz mojih usta, pozvao je klinca da sedne na njegovo mesto. Ja se nisam pomerala, samo sam promenila kurac u svojim ustima. Muž je stao iza mene dok sam pušila. Zadigao mi je mantil, otkrio dupe i kleknuo iza njega. Osetila sam kako mi glavić snažno pritiska guzu, tražeći da uđe. Zastenjala sam glasno kad ga je nabio u mene. Prestala sam da pušim kad je glavić ušao, a onda sam zatvorenih očiju dahtala dok je čitav kurac ulazio u moje dupe.

Klinac mi je ponovo nabio kurac u usta. Prislonio je glavić na usne, zgrabio me za kosu i nabio mi glavu na njega. Opustio se, i nije mogao da sačeka da mu popušim. Muž me je snažno razvaljivao od pozadi dok sam se nabijala glavom na komšijin kurac. Drhtala sam i brzo drkala između njih. Onda sam začula zadihani glas muža iza leđa.

"Svrši joj na lice, hoću da vidim kako je prskaš"

Otvorila sam oči. Komšija je već bio spreman za svršavanje. Izvadio je kurac iz mene, okrenuo mi glavu što je mogao više ka mužu i drkao iznad mog lica. Gledala sam u njegova jaja koja su skakutala, sve dok nisam osetila toplu tečnost na sebi. Sperma mi je zalivala obraze, a moj muž je glasno stenjao dok je to gledao, kao da me je on prskao. Izgleda da mu se to dopalo, nastavio je da zahteva kad je komšija svršio.

"Gurni joj ga u usta"

Otvorila sam usta i uzela kurac na kome je još bilo tragova sperme. Dok sam ja zadovoljno mljackala zatvorenih očiju, muž je to gledao i snažno me pljesnuo po dupetu. Izvadio ga je iz mene i ustao.

”Ajde, idemo u sobu. Jel si mu pokazala našu sobu?”

”Nisam”

Slagala sam ga bez razmišljanja. Kako sam mogla da mu priznam da smo se nekoliko puta životinjski jebali u našem krevetu, i da smo najbolje svršavali baš tamo?

Ustala sam, pustila bade mantil da padne na pod, a onda ih gola povela ka spavaćoj sobi. Osetila sam se jebozovno i poželjnom dok su dvojica napaljenih muškaraca išli za mnom. Njihala sam bedrima zavodljivo, znajući da su iza mene dva kurca koja me gledaju.

Muž je otišao u kupatilo a mi smo ušli u sobu. Potražila sam stare zalihe kondoma u fijoci. Moj mladi komšija ga je prihvatio bez pitanja. Morali smo da se pravimo fini.

Sela sam na krevet kad je muž ušao u sobu. Raširila sam noge i prelazila dlanom preko pičke dok mi je prilazio. Odmah mi ga je gurnuo u usta. Komšija je stao sa druge strane, drkala sam mu kurac dok sam pušila mužu. Izgleda da mu je to dosadilo nakon nekog vremena. Uhvatio me je za glavu i okrenuo ka sebi. Čim je muževljev kurac izašao iz mene, komšija mi je nabio svoj. Očigledno se bio baš opustio, ili je ponovo bio jako napaljen.

Pušila sam im naizmenično, i uživala što mogu da imam dva kurca. Kad sam izvadila komšijinu batinu iz usta, pogledala sam muža.

”Jebi me”

Prošaputala sam to, a onda se ispružila na krevetu raširenih nogu. Odmah je legao preko mene. Prijalo mi je da ga osetim u sebi posle dužeg vremena. Moja pička je poznavala njegov kurac, i dobro joj je prijao. Počela sam da svršavam čim sam ga ponovo osetila u sebi. Zatvorila sam oči i zadovoljno kriknula nekoliko puta. Muž me je nabadao brzo i snažno, tačno je znao šta mi treba.

Kad sam otvorila oči, videla sam da je i on zadovoljan. Činilo mi se da se ponovo oseća kao pastuv, ponosan što je svoju ženu doveo do takvog orgazma. Više nije imao razloga da se oseća loše pored klinca, za koga je mislio da mu je umalo preoteo ženu.

Komšija se popeo na krevet pored nas i kleknuo pored mog lica. Gurnuo mi je kurac u usta dok se muž i dalje polako pomerao u meni. Njegovi dlanovi prelazili su preko mojih sisa. Stezao ih je i gledao kako mu pušim. Kad ga je muž izvadio iz mene, skočio je brzo, kao da je jedva čekao na to. Stao je na njegovo mesto između mojih nogu, i gurnuo ga u mene. Jebao me je snažno, ali pomalo nespretno u odnosu na muža. Pustila sam ga da se malo iživi i istrese, a onda sam ga potapšala po dupetu i blago odgurnula. Morala sam da mislim i na drugi kurac koji me je želeo.

Postavila sam komšiju da legne na krevet, a onda sam ga opkoračila, licem okrenuta ka njemu. Uzela sam kurac u ruku i gurnula ga u sebe. Nagnula sam se napred, počela da ga jašem i naguzila se ka mužu.

Nisam morala dugo da ga čekam. Ponovo sam osetila njegov tvrdi glavić na dupetu i ponovo je brzo uleteo u mene. Videla sam zvezdice dok je ulazio. Ali taj put je bilo drugačije. Po prvi put sam osetila dve tvrde kurčine u sebe, dva kurca koja su me jebala. Pomerala sam se na njima i između njih, i oni su se pomerali u meni. Osećala sam se kao da više nisam na zemlji, kao da lebdim između njih, kao da sam se ljuljala u vazduhu, i kao da su me za zemlju držale samo dve tvrde i debele šipke u meni. Činilo mi se da sam svršavala svo vreme. Nisam više ni osećala njihove ruke na sebi, samo sam oslonila glavu na komšijine grudi i uživala.

Otvorila sam oči tek kad su prestali da se pokreću. Muž ga je polako vadio iz moje guze, shvatila sam da je svršio i da je ostavio svoju tečnost negde duboko u meni. Ležali smo svo troje još neko vreme na krevetu, zadihani i umorni. Milovala sam njihove kurčeve i uživala. Onda sam osetila kako kurac našeg komšije ponovo raste u mom dlanu. Odmah sam se okrenula ka njemu, nasmešila mu se i poslala ga kući. Znala sam da je mogao još, ali nisam želela da moj muž dobije komplekse.

Od tog dana, moj brak je postao mnogo bolji. Muž me je ponovo redovno jebao, a imala sam dozvolu da pozvonim na susedna vrata kad god mi je zatrebao seks. A to sam svakodnevno i radila.

Susret u podrumu

Otvorio vrata i krenuo na fakultet. Čim sam izašao u hodnik video sam komšinicu Dunju kako odlazi niz stepenice. Nije me videla, a verovatno ni čula. Nije se okrenula ka meni. Na sebi je imala uske blede farmerke i crveni duks. Gledao sam za njom, i divio se oblinama njenog dupeta. Kad mi je nestala iz vidokruga, prišao sam liftu. Pritisnuo sam dugme i pozvao ga.

Ali u mislima mi je još uvek bila ona. Samo na trenutak sam razmišljao. Zašto bih išao liftom kad sam mogao da idem za njenom guzom?

Požurio sam da bih je stigao, a onda tiho usporio kad sam je video ispred sebe. Gledao sam u njeno dupe i tiho silazio za njom. U prizemlju sam hteo da je oslovim. Želeo sam da popričam malo sa njom usput, i da vidim njeno lepo lice. Imala je oko četrdeset godina, verovatno oko duplo više od mene. Bio sam napaljen na nju od kako sam je prvi put video. A bio sam stalno napaljen i spreman. Puno puta sam drkao misleći na nju. Taman kad sam hteo da joj kažem dobar dan, primetio sam da je nastavila put ka podrumu.

Zastao sam na trenutak. Samo na sekundu sam pomislio na fakultet, a onda sam već nastavio put za njom. Mislio sam da se pretvaram da sam i ja sišao po neke stvari. Tako bih dobio priliku da popričam sa njom. Mogao bih lepo da je osmotrim i bio bi to lep materijal za novo drkanje.

I dalje sam zurio u njeno dupe koje je zavoljivo mešala dok je silazila stepeništem. Zastao sam na međuspratu i sačekao da uđe u podrum. Pustio sam da prođe još minut, a onda uzdahnuo i brzo sišao za njom.

Osetio sam kako mi srce brže lupa dok sam koračao praznim podrumom. Uzbuđivala me je sama pomisao da ću pričati sa njom, a još više to što ćemo biti potpuno sami. Činilo se kao da smo tu potpuno odvojeni od sveta, bićemo samo nas dvoje.

Kad sam zašao za ugao, video sam je ispred otvorenih vrata njenog podruma. Izvukla je neku kutiju napolje i preturala po njoj. Bila je savijena u struku, potpuno nagužena ka meni. Raširenih očiju posmatrao sam scenu koju nisam očekivao. Njeno lepo dupe se zategnulo ka meni, na samo nekoliko metara od mog kurca koji se brzo dizao.

Imao sam ideju da odem do svog podruma, da se pretvaram da sam zaboravio ključ i da onda malo popričam sa njom. Ali kad sam je video tako nagaženu nešto se promenilo u meni. Znao sam da moram da je jebem. Nešto je ušlo u mene, od napaljenosti sam dobio neku hrabrost, znao sam da neću da je pustim dok je ne izjebem. Dodirnuo sam kurac rukom, hteo je da iskoči iz pantalona. Već sam zamislio kako joj prilazim, vadim kurac napolje i hvatam je za dupe. Ona bi skinula pantalone čim bi me je videla, i odmah pustila da je guzim pored njenog podruma. U mislima sam je slušao kako napaljeno stenje i moli za moj kurac.

Prenuo sam se iz takvih misli kad sam video da se ona odjednom uspravila. Kao da je osetila da sam tu, iza nje, i da je napaljeno gledam. Okrenula se ka meni i iznenađeno me je pogledala. Posmatrala me je trenutak ili dva dok je nepomično stajala. Nije mi se javila, nije ništa rekla. Videla je moj napaljeni pogled, i videla da ne sklanjam ruku sa kurca. Činilo mi se da je dobro procenila situaciju. Znala je da hoću da je jebem, i da sam spreman da to i uradim.

Okrenula se ka kutiji i brzo je ponovo ugurala u podrum. Onda je izvadila ključ i nespretno, drhtavim rukama pokušala da zaključa katanac. Mislim da je želela da što pre izađe iz podruma. I ona je znala da smo tu potpuno sami, potpuno odvojeni od svih, i da svašta može da se desi.

Ali već sam stao iza njenih leđa. Trgnula se kad je osetila kako sam se pribio uz nju. Provukao sam ruke ispod njenih laktova i uhvatio katanac i ključ.

"Da probam ja komšinice"

Sklonila je ruke i posmatrala kako pokušavam da zaključam njenu bravu. I moji prsti su drhtali. Drhtao sam i ja. Vrtelo mi se u glavi od blizine njenog toplog tela. Mogao sam da čujem kako ubrzano diše, i osetim kako i ona podrhtava pored mene. Vratio sam joj ključ u ruku i ostao tako iza nje nepomičan.

Ruke su mi još uvek bile oko njenog struka. Osetio sam kako su mi dlanovi još uvek podrhtavali. Bio sam tako blizu komšinice o kojoj sam toliko puta maštao. Nikad ranije nisam smogao hrabrosti ni da normalno pričam sa njom, a tad sam kurac prislonio čvrsto uz njeno dupe. Želeo sam da oseti koliko sam napaljen. Stajali smo tako nepomično nekoliko trenutaka, a onda mi je ona okrenula profil.

"Hvala"

Prošaptala je to, pretvarala se da se ništa ne dešava i da je vreme da krene. Ali nisam želeo da je pustim tek tako. Kad sam već došao toliko blizu nje, nisam želeo da tek tako prekinem. Malo sam se odmaknuo i stavio dlan na njeno dupe. Uhvatio sam ga blago, a onda ga polako stegnuo. Gnječio sam ga rukama i duboko disao iza njenih leđa. Ćutala je i mirno gledala ispred sebe. Pustila me je da to radim neko vreme. Možda je mislila da će mi to biti dosta i da ću prestati. Nisam prestajao, samo sam razmišljao kako da nastavim dalje.

U nekom trenutku je izgledala kao da je izgubila strpljenje. Pokušala je da se okrene i izvuče iz mog zagrljaja. Zaustavio sam je kad je bila bokom okrenuta ka meni. Bedra sam ponovo priljubio uz nju i gurnuo je na drvena vrata. Čvrsto sam joj dlanom stegnuo dupe i pribio se još bliže uz nju. Gledala je ispred sebe, ništa nije rekla. Pretvarala se kao da nisam tu. Video sam da je ubrzano disala, učinilo mi se da je sve to pomalo uzbuđivalo.

Kurac mi je bio oslonjen na njenu butinu. Pomislio sam da i ne moram da je jebem, dovoljno mi je i da se samo trljam o njeno dupe i butinu. Drugom rukom sam je uhvatio između nogu i povukao je ka sebi dok sam pomerao bedra. Trgnula se uplašeno od toga. Pustio sam joj dupe i pomilovao je po kosi. Sklonio sam je sa njenog lica, a onda ponovo dlan vratio na njeno dupe.

"Ne brinite ništa... Neću da vas jebem... hoću samo malo... ovako"

Ćutala je dok je osećala kako joj moj tvrdi kurac prelazio preko butine. Onda je uzdahnula, i po prvi put me je pogledala.

"Nemojte komšija, pa otkud sad ovo..."

Odjednom je počela da mi persira. Možda je mislila da će to da bude dovoljno da me ohladi. Bio sam previše napaljen da bih prekidao.

"Opusti se... Moram malo samo... Dobra si pička Dunja..."

Namerno joj nisam više persirao. Lupio sam je snažno dlanom po dupetu. Tiho je kriknula. Učinilo mi se da čujem napaljenost u njenom glasu. Sklonio sam ruku sa njenog dupeta i brzo otkopčao šlic. Izvadio sam kurac i pustio da farmerke i bokserice padnu dole.

Zadrhtala je kad je osetila toplotu golog kurca na svojim farmerkama. Uhvatio sam je za pičku i dupe i pribijao je uz sebe dok sam se sve brže trljao o nju.

"Ohhhh Dunja, kako si dobra pička..."

Okrenula je glavu ka meni i prošaptala.

"Moj muž će uskoro da siđe"

Nije me gledala, samo je to tiho rekla. Znao sam da laže.

"Ništa ne brinite, sad ću ja..."

Još jednom sam je lupio po dupetu, pa sam ga zgrabio dlanom i nastavio da se trljam. Podigla je pogled ka meni kad je videla da joj nisam poverovao. Posmatrala me je nekoliko trenutaka a onda je ponovo progovorila.

"Požuri"

Tad sam shvatio da nije lagala. Nije mi pretila mužem, nego me je upozoravala da će on doći.

Nije više pokušavala da me prekine, samo se brinula da nas ne uhvati. Gledali smo se nekoliko trenutaka u oči, a onda je ponovo skrenula pogled kad je videla da sam shvatio.

Napalilo me je to što me je pustila da uživam pored nje. Nisam znao da li joj je prijao moj kurac, ili se samo pomirila sa sudbinom i čekala da svršim, ali svejedno sam se napalio.

”Ohhhh Dunja...”

Okrenuo sam je ka zidu a onda se naslonio na nju. Kurac sam stavio na njeno dupe i brzo prelazio preko njega. Oslonila je obraz na zid i okrenula profil ka meni. Neko vreme je ćutala i slušala kako sve brže napaljeno stenjem. Znala je da sam blizu svršavanja.

”Nemoj na farmerke”

Nisam uopšte razmišljao o tome. Tek tad sam i ja postao svestan da nisam mogao tek tako da joj se izlijem na farmerke. Pogotovo ne ako joj muž uskoro dolazi.

Izgleda da je ona bila očekivala da ću ja odmah da se sklonim od nje i da ga izdrkam na zid ili tako negde. Ali ja sam imao drugu ideju. Provukao sam obe ruke ispred nje i počeo da joj otkopčavam šlic. Stavila je svoje dlanove preko mojih i grčevito pokušala da me zaustavi. Mislila je da hoću da je silujem. Dok su se naši dlanovi preplitali u borbi za šlic, nagnuo sam se napred i prošaptao kroz njenu kosu.

”Neću na farmerke...”

Kad je shvatila, opustila se i sklonila ruke. Otkopčao sam joj šlic i povukao farmerke dole. Malo sam se odmaknuo i pogledao je. Imala je crne svilene gaćice, sa prozirnom čipkom na ivicama. Svila zategnuta preko njenog lepog dupeta je svetlucala, kao da me je pozivala. Približio sam joj se i gledao kako mi kurac nežno pritiska njene gaćice. Meka tkanina je mnogo više prijala kurcu nego farmerke. Klizio sam kurcem preko nje i stenjao.

Držao sam je za bokove i pribijao uz zid. Znao sam da ću uskoro svršiti. Osećao sam toplotu njenog dupeta, i slušao je kako je tiho dahtala ispred mene. Napalilo me je što sam bio toliko blizu njene pičke. Želeo sam da ga nabijem u nju, hteo sam da se izlijem unutra. Pokušao sam da joj svučem gaćice. Istog trenutka me je čvrsto uhvatila za članke ruku.

”Gaćice ostaju”

Znala je dobro šta sam hteo. Glas joj je bio odlučan, i odmah sam odustao.

”Ma ne, mislio sam samo... da ih ne isprskam”

”Slobodno možeš na gaćice. I požuri”

Nastavio sam da se trljam i tiho stenjao iza njenih leđa. Slušao sam joj glas dok je šaputala.

”Sviđa mi se tvoj kurac... tako je tvrd i veliki... jako mi se sviđa...”

Znao sam da me loži. Htela je da požurim i nadala da ću tako brže da svršim. Izgleda da se stvarno plašila da joj muž ne siđe u podrum. Da nas je zatekao tako, ne bi mogla da mu objasni da ona nije htela da joj komšijin kurac bude na dupetu.

Uhvatio sam je za kosu i povukao u stranu, da bih joj video lice. Shvatila je šta mi treba. Sklonila je kosu sa lica i okrenula se ka meni. Čim me je pogledala počeo sam da svršavam, samo to mi je trebalo.

Kolena su mi se tresla dok sam se izlivao na njeno dupe. Trljao sam kurac preko crnih svilenih gaćica i gurao je bedrima prema vratima njenog podruma. Slušali smo kako drvena ograda škripi ispred nas.

”Ohhhhh Dunjo... pičketino”

Gledali smo se u oči dok sam svršavao. Strpljivo je čekala dok je i poslednji trzaj prošao kroz moje telo, a onda je okrenula glavu napred i malo se uspravila. Odmaknuo sam se od nje. Glavić mi je bio mokar od sperme, a na njenim crnim gaćicama stajala je velika bara guste sperme koja se polako slivala dole.

Bio sam opušten posle svršavanja, ali ipak se neka napetost pojavila. Tek tad sam postao svestan šta se stvarno desilo. Nisam mogao da verujem da sam imao hrabrosti da uopšte pomislim da to uradim. A opet, desilo se. Svršio sam pored Dunje i na Dunju. Pitao sam se šta će ona sad da mi kaže.

Ona je bila puno opuštenija. Nije ništa rekla. Ni pokazivala da me osuđuje što sam je tako napao. I dalje mi je bila okrenuta leđima kad je mirno sa sebe svukla gaćice natopljene spermom. Lepo ih je spakovala, a onda se sagnula po farmerke. Ali nije se više guzila ka meni, samo je čučnula. Ostavila je gaćice u kutiju ispred podruma i sa poda uzela pantalone.

Pre nego što je stigla da ih obuče, stavio sam ruke na njen struk. Zastala je i čekala da vidi šta ću da uradim. Nije se bunila kad sam je okrenuo ka sebi. Nije više imala razloga da se plaši da ću na silu ući u nju. Želeo sam samo da je vidim bolje.

Kad se okrenula, malo sam se odmaknuo od nje. U ruci je držala farmerke dok je stajala nehajno oslonjena na vrata podruma. Izgleda da je nije bio blam od mojih pogleda. Zurio sam u njenu pičku. Imala je tamnu gustu dlaku, i nije bila baš sređena. To bi me obično ohladilo, ali pogled na takvu njenu pičku me je zapravo samo još više napalio. Činilo mi se da je muž nije baš često jebao, ili nije nikad, pa nije obraćala pažnju na to kako izgleda.

Prenuo sam se kad sam video da je stavila dlan preko pičke. Tek tad sam postao svestan da mi se kurac ponovo digao. Ona je to očigledno bila primetila pre mene. Ponovo se zabrinula da ću je silovati. Gledala je netremice u moj kurac, odmahivala je glavom dok sam joj prilazio.

Stavio sam dlanove na njen struk i pogledao je u oči. Gledali smo se nekoliko trenutaka, a onda smo se poljubili. Ja sam počeo da je ljubim, a ona je sa malo oklevanja uzvratila. Zavukao sam joj dlanove ispod duksa i uhvatio je za sise. Osetio sam ih, male i čvrste, sakrivene iza brusa kog je nosila. Ubrzo smo se vatali strasno, napaljeni kao tinejdžeri.

Svukao sam joj duks i bacio ga na pod. Ona je za to vreme brzo otkopčala brushalter. Želela je da mi pokaže svoje čvrste sise. Zastenjao sam kad sam ih video. Uzeo sam ih u dlan i poljubio male čvste bradavice. Lizao sam ih i grickao a onda se uspravio i pogledao je u oči. Jednom rukom sam je držao za sisu dok sam drugom uzeo kurac.

Uspravio sam ga ka njenoj pički. Ali tamo je i dalje stajao njen dlan, čvrsto poklopljen preko njenog ulaza. Trljao sam glavić preko njenih prstiju a onda prošaptao.

”Hoću da vas jebem Dunja”

Odmahnula je glavom.

”Ne može”

Odlučno me je gledala u oči. Spustio sam pogled niže. Njena oba dlana stajala su ispred pičke. Ponovo sam je pogledao u oči.

”A ako vam sklonim dlanove?”

Zadrhtala je. Nije ništa rekla. Učinilo mi se da bi ona to i želela. Tako bi bar samu sebe lagala da ona nije htela da prevari muža, ali je tako moralo da bude. Sklonio sam ruke sa njenih sise, uhvatio je za članke ruku i snažno ih povukao u stranu. Glasno je zastenjala. Njena pička se odjednom gola pojavila ispred mog spremnog kurca.

Oslonio sam njene ruke na zid podruma i čvrsto je držao tako. Nije mogla da se pomeri. Gledali smo se u oči i oboje brzo disali. Pogledao sam ponovo dole. Moj glavić je bio samo nekoliko santimetara udaljen od ulaza u pičku koju sam toliko želeo. Pomerio sam bedra napred. Glavić je već dodirnuo njene dlačice. Provukao se kroz gustu šumu, oslonio na njene meke usmine.

Zastenjao sam glasno kad sam osetio njihovu toplotu. Video sam kako je drhtala ispred mene. Znala je da je bio potreban samo jedan moj mali pokret, i već bih bio u njoj. Ništa me nije sprečavalo da je jebem. A opet, bilo mi je glupo da je tucam na silu, koliko god da sam verovao da je i ona to želela.

Dok sam se pitao šta da radim, začuli smo glasan zvuk negde od ulaza u podrum. Velika vrata su se zalupila. Neko je ulazio unutra.

Dunja me je pogledala uplašenim, široko raširenih očiju.

”Moj muž!”

Istog trenutka sam je pustio. Povukao sam farmerke na gore, a onda njoj pomogao da podigne svoje stvari. Izgledala je skroz izgubljena, nije znala šta pre da radi. Rekla mi je da se sakrijem negde, a onda je shvatila da i ona mora da se sakrije. Bila je potpuno gola u podrumu. Sve i da sam mogao negde da se sklonim, kako bi uspela da objasni mužu zbog čega je gola?

Onda sam se setio. Uhvatio sam je za ruku i povukao je ka svom podrumu. Poneli smo njene stvari i brzo otrčali tamo. Drhtala je dok sam otključavao katanac. Mislim da smo ušli unutra u poslednjem trenutku. Stali smo pored vrata i gledali napolje. Videli smo kako je došao dolazi u hodnik i otključavao podrum. Stajali smo jedno pored drugoga. Dunja je i dalje bila potpuno gola pored mene. Obuhvatio sam je rukom oko struka i uhvatio za dupe. Potapšao sam ga i stegnuo dlanom. Mislim da u tom trenutku uopšte nije bila svesna da sam tu. Duboko je disala, i izgledala uplašeno dok je gledala muža.

Stao sam iza nje i uzeo kurac u ruku. Glavićem sam joj nekoliko puta prešao preko dupeta, a onda sam joj ga stavio između guzova. Razmišljao sam da li da joj ga na prevaru gurnem od pozadi. Postao je jako tvrd dok sam zamišljao kako joj ga nabijam u dupe. Provukao sam jednu ruku ispred nje i dodirnuo joj pičku. Njene meke usmine, sakrivene u žbunju, bile su potpuno vlažne od želje.

Ali ona se odjednom prenula. Dlanom je sklonila kurac sa svog dupeta i instinktivno se okrenula ka meni. Odmahnula je glavom. Tek kad me je pogledala u oči shvatila je da joj taj okret možda i nije bio dobra ideja. Moj kurac je stajao tačno ispred njene pičke. Uplašeno je pokušala da stavi ruke ispred nje i da je zaštiti, ali joj nisam dozvolio. Već sam bio prislonio kurac na njene tople usmine.

”Nemoj”, prošaptala je, ”Vikaću”

Oboje smo bili znali da to nije istina. Stajala je gole pičke ispred mene. Kako bi objasnila mužu zbog čega je sama i gola pored mene, i još u mom podrumu? Stajao sam ispred nje, i uživao u tome što ću je jebati. Oboje smo to znali. Namerno sam odlagao ulazak u nju, želeo sam da oboje pamtimo taj trenutak. Polako sam gurnuo glavić ka njoj. Lako je skliznuo u njenu vrelu pičku. Tiho sam zastenjao kad sam osetio toplotu oko njega.

Lupila me je jednom po podlaktici.

”Ti si lud”

Čuo sam joj šapat, ali nisam obraćao pažnju. Polako sam ga gurao do kraja u nju. Gledali smo se u oči i duboko disali dok je ulazio. Čuo sam joj tihi uzdah kad sam joj ga nabio do kraja. Oslonila je dlanove na moje ruke i počeo sam da je jebem. Zatvorila je oči i opustila se.

Držao sam ruke na njenim sisama dok sam polako ulazio u nju, i uživao u njenom lepom licu u ekstazi. Napalila se više od mene, jedva se suzdržavala da ne pusti glas. Podigla je ruku do brade, stavila kažiprst između usana i snažno ga zagrizla, da bi ostala tiha. Povremeno bi okretala glavu ka vratima, i gledala muža koji je i dalje sređivao neke kutije u hodniku. Izgledala je kao da je naložena na to što je on bio tako blizu. Što je mogao da nas čuje, i zatekne je kako se jebe.

Otvorila je oči i pogledala me. Kad se malo uspravila, znao sam šta je htela. Izvadio sam ga iz nje i pustio da se okrene ka vratima. Gledao sam je kako se spremno naguzila ispred mene. Želela je da gleda muža dok je tucam. Zavukao sam joj ga od pozadi, i počeo da ga nabijam u nju. Jednom rukom se uhvatila za letvicu od vrata a drugu spustila između nogu i brzo se trljala. Gledao sam joj profil. Poluotvorenih usana posmatrala je niz hodnik i brzo stenjala. Njen muž nije ni slutio da mu guzim ženu dok ga ona gleda.

Dunja je dahtala sve brže. Želeo sam da gleda u mene dok svršava, hteo sam da i ja nju vidim kako uživa. Uhvatio sam je za kosu i ponovo je okrenuo ka sebi. Otvorila je oči i pogledala me kad sam nabio kurac u nju. Oslonila je laktove na moja ramena i tiho stenjala dok me je gledala. Dahtala je sve brže, sve dok joj telo nije počelo da podrhtava. Otvorila je usta široko, video sam da se borila da ostane tiha.

Nagnula je glavu napred ka meni i poljubila me. Nisam to očekivao. Samo je spojila usne sa mojima. Mislim da je to uradila da ne bi kriknula u orgazmu. Držao sam je oko struka i nabijao se što sam brže mogao u nju dok je svršavala.

Osetio sam da su drhtaji njenog tela prestali. I dalje me je ljubila, ali je tad uključila i jezik. Ljubila me je nekako opušteno dok sam je jebao. Polako i smireno, kao da se dugo poznajemo. Kad se odmaknula od mene, lice joj je izgledalo potpuno mirno. Oslonila je dlanove na moje podlaktice i posmatrala me dok sam ga gurao u nju. Činilo mi se da mi se potpuno prepustila. Još nekoliko puta je pogledala niz hodnik ka svom mužu, ali više nije izgledala kao da brine zbog toga. Uskoro je i on zaključao vrata i otišao. Gledala je u mene sve vreme.

Kad je počela da priča, znao sam da je potpuno opuštena.

"Sviđa mi se tvoj kurac. Odavno nisam osetila tako tvrd i veliki kurac u sebi. Baš odavno... A ovo mi je stvarno trebalo"

Ćutao sam. Ložila me je to njeno šaputanje. Bilo smo blizu jedno drugome. Milovao sam joj lice dok smo se gledali u oči. Znao sam da ću uskoro svršiti, a nisam znao kako da je pitam. Želeo sam da joj napunim usta spermom.

"Jel volite vi da gutate?"

"Nemoj da ga vadiš"

Pogledao sam je malo zbunjeno, pa je progovorila promuklim jebozovnim glasom.

"Hoću da osetim tvoje seme u sebi"

Odmah sam počeo da svršavam. Zagrlila me je oko vrata i posmatrala dok sam je punio spermom. Imao sam osećaj da svršavam dugo, činilo mi se da nikad nisam izlio toliko semena iz sebe. Tečnost je šikljala iz pičke dok sam se još uvek nabijao u nju. Još jednom sam ga snažno zabio u nju i glasno kriknuo. Odjeknulo je kroz prazan podrum.

Ostao sam u njoj i nakon što sam svršio. Gledala me je dok sam duboko disao.

Kad sam se odmaknuo od nje, uzeo sam pantalone i pogledao je. Nije se ni pomerila. Posmatrali smo se u polumraku. Oboje smo bili goli. Gledao sam kako prstima skuplja spermu koja je curila iz njene pičke. Nadao sam se da ću videti kako oblizuje prste, ali ona je samo polako razmazivala tečnost po usminama. Onda je tiho progovorila.

"Jel imaš maramice?"

Odmahnuo sam glavom. Na trenutak je razmišljala, a onda je slegla ramenima. Razmazala je spermu dlanovima po butinama i uzela farmerke. Dok ih je navlačila preko svoje vlažne pičke, gledao sam svoj kurac. Znao sam da će uskoro ponovo biti spreman. Nisam želeo da se još rastajemo.

"Jel može jedno pušenje?"

Zakopčavala je šlic i pogledala me. Izgledala je začuđena pitanjem.

"To se neće desiti"

Bio sam malo razočaran, ali obrisao sam kurac i obukao se. Kad je navukla duks, popravila je kosu i pogledala me.

"Zapravo... Ništa od ovoga se više neće desiti. Samo da to bude jasno"

Izašli smo napolje. Nisam prestajao da razmišljam o tome što je rekla. Zaključao sam vrata. Dok smo hodali ka izlazu morao sam da je pitam.

"A što se neće desiti? Zar nije bilo dobro?"

"Nije bitno kako je bilo. To ne smemo da radimo. Neću da varam muža. Ovo sad što je bilo... to si me silovao. Nema veze, nećemo nikome da pričamo, samo nećemo da ponavljamo"

Nisam mogao da verujem. Već je ubedila sebe da sam je uzeo na silu, kao da i sama nije htela. Kao da nije stenjala pod mojim kurcem, i kao da nije svršila i uživala pored mene. Ćutao sam nekoliko trenutaka, a onda sam je uhvatio za lakat.

"E pa onda... Ako nećemo da ponovimo, onda da iskoristim ovo što smo počeli"

Gurnuo sam je na pod i izvadio kurac. Otimala se žestoko dok sam joj otkopčavao šlic. Činilo mi se da tog puta stvarno nije htela, ali nije me bilo briga. Kad je već mislila da sam je silovao, hteo sam da ne propustim priliku. Pogotovo jer je već odlučila da mi više ne da.

Svukao sam joj farmerke i nabio joj ga od pozadi. Klečala je pored vrata nekog podruma dok sam je guzio. Držao sam je čvrsto za kosu, i okrenuo joj glavu ka sebi. Izgledala je besno. Kurac mi je bio ponovo čvrst dok sam brzo ulazio u nju. Nije bilo šanse da ponovo brzo svršim, ali sam je ipak jebao. Želeo sam da iskoristim što više mogu od nje.

Ona je prestala da se otima, i ubrzo se potpuno smirila. Shvatila je da ću završiti brže ako me samo pusti. Pogledala me je u oči. Gledala me je tako nekoliko trenutaka a onda je prošaptala.

"Hoćeš da ti popušim?"

Samo sam odmahnuo glavom. Ali ona je nastavila.

"Ja bih volela da ti popušim. Znam da ćeš tako završiti brže, a ja žurim..."

Poverovao sam joj. Želeo sam da osetim njene usne oko glavića. Zato sam ga izvadio iz nje. Ona je ustala, navukla pantalone i okrenula se ka meni. Očekivao sam da klekne, ali umesto toga snažno me je gurnula i potrčala ka vratima. Brzo sam ustao. Dok sam navukao farmerke, već je bila na izlazu.

Stigao sam je na stepeništu. Uhvatio sam je za struk i nabio uz ogradu. Svukao sam joj farmerke i odmah ponovo počeo da je guzim. Izbacila je dupe ka meni i savila glavu. Slušao sam je kako dahće. Znao sam da uživa. Više se nije opirala. A nije ni krila da joj kurac prija. Slušao sam je kako tiho šapuće u hodniku.

"Ahhhh, kako imaš dobar kurac... Jebi me"

Ubrzo je ponovo počela da svršava. Podigla je jednu nogu na stepenicu, da bi ga dublje primila. Stenjala je i drhtala dok sam je držao za struk.

Čim je završila, spustila se na sve četiri. Nastavio sam da je guzim na stepenicama u tišini. Posmatrao sam njenu crvenu kosu, i nisam mogao da verujem da jebem Dunju. Kao da sam tek tad stvarno shvatio da je to ona, nedostižna komšinica na koju sam toliko puta drkao i toliko puta maštao kako je jebem. A sad je spremno klečala na stepeništu i ćutke primala moj kurac. Skoro da mi je bilo neprijatno što je guzim, kad bih se setio kako je fino i ozbiljno delovala na ulici.

To me je još više napalilo. Ponovo sam se opustio. Pljesnuo sam je snažno po dupetu i počeo brže da ulazim u nju. Zastenjala je od tog udarca. Okrenula je profil ka meni i pogledala me. Jednom rukom sam joj stezao dupe a drugom je uhvatio za kosu i još više joj lice okrenuo ka sebi. Bila je zadihana, crvenih obraza, oznojana i potpuno raščupane kose. Posmatrala me je dok sam je jebao u polumraku.

Kad sam ga izvadio iz nje, brzo se okrenula i prišla mi. Stala je ispred kurca, obuhvatila glavić usnama i čekala dok sam ga drkao. Mislim da se brinula da je ne isprskam. Svršio sam joj u usta, tiho sam stenjao u hodniku dok sam slušao njeno zadovoljno mljaclanje.

Ustala je čim sam završio. Na brzinu je navukla farmerke i otrčala uz stepenice. Gledao sam za njom, a onda sam i ja ustao. Naslonio sam se na zid hodnika i razmišljao o tome što se desilo. Nisam mogao da verujem da sam uspeo da jebem svoju omiljenu komšinicu. Pitao sam se šta će biti kad se budemo videli na ulici. Da li će se praviti da me ne poznaje? I kako ću uopšte moći da zaboravim na sve ovo i da je ponovo gledam kao udaljenu nedostižnu komšinicu?

Začuo sam korake na stepeništu. Podigao sam glavu. Stajala je tamo. Oslonila je dlan na ogradu i ćutke me je posmatrala nekoliko trenutaka. Onda je prošaptala.

”Sutra, u isto vreme, na istom mestu. Nemoj da te čekam”

Ostala je gore sve dok se nije uverila da sam je razumeo. Kad je videla moj široki osmeh u mraku, klimnula je glavom i otrčala gore.

Pogled s prozora

Nakon dve godine zabavljanja, počeo sam da živim zajedno sa devojkom, Majom. Oboje smo radili i imali dobre plate, ali odlučili smo da još ne kupujemo stan. Nismo još planirali brak, pa smo se dogovorili da ga samo iznajmimo. Stan je bio na trećem spratu zgrade u relativno mirnoj novobeogradskoj ulici. Prozori su gledali na veliki parking, iza koga su bile četiri trake puta, a daleko iza toga videle su se zgrade preko puta.

Prve komšije smo upoznali odmah. Tačnije, ja sam već prvog dana upoznao prvu komšinicu. Nosio sam poslednje kutije u stan i čekao na lift da me odveze na treći sprat. Ubacivao sam kutije jednu za drugom u lift dok sam nogom zadržavao vrata da se ne zatvore. Kad sam stavio dlanove na poslednju kutiju, čuo sam zvuk ženskih potpetica. Onako sagnut, mogao sam da vidim samo njene noge. Stala je pored mene na visokim štiklama i tamnim čarapama. Dok sam podizao kutiju uspravljao sam se ne skidajući pogled sa nje. Činilo mi se da noge nemaju kraja. Onda sam video usku, ”kancelarijsku” suknju, uzan struk i tesno zakopčan blejzer.

Devojka mi se nasmešila kad su nam se pogledi susreli. Strpljivo je sačekala da uđem u lift, a onda je ušla za mnom. Svo vreme vožnje držao sam kutiju u ruci. Ne zato što sam hteo da vežbam mišiće. Kurac mi se digao od prvog trenutka kad sam je ugledao, i morao sam to da sakrijem od nje. Izgledala je savršeno. Baš po mom ukusu. Dugonoga, zgodna, sisata plavuša lepog lica, činilo mi se da nema manu. Njena duga kosa bila je vezana u rep. Gledala je ispred sebe dok sam ja zurio u nju. Znao sam da ću morati da drkam na nju, ili ću je se sećati dok budem jebao svoju devojku. Bilo je nemoguće da je zaboravim.

A onda je lift stao, i oboje smo izašli. Pogledali smo iznenađeno jedno u drugo kad smo krenuli na istu stranu. Kad smo zastali ispred naših ulaznih vrata koja su bila jedna pored drugih, ponovo mi se nasmešila i ispružila ruku.

"Ćao, ti si nam novi komšija? Dobrodošao"

Proćaskali smo, malo je hvalila komšiluk i rekla kako će mi se sigurno svideti ovde.

Uneo sam i poslednju kutiju u stan, spustio je u predsoblje na gomilu sa ostalima, a onda se naslonio na nju. Kurac mi je još uvek bio dignut. Otkopčao sam šlic, izvadio ga i počeo da drkam. Pokušavao sam da se setim kako tačno izgleda, ali njen lik je već bledeo iz sećanja. Drkao sam još neko vreme, a onda odustao. Bilo je još puno stvari da se uradi, i nisam mogao da gubim vreme.

Maja je stigla predveče sa posla. U stanu je bilo još nekoliko neraspakovanih kutija, ali sve stvari su bile na svom mestu. Oboje smo bili veseli, radosno smo šetali kroz sobe i uživali u planiranju zajedničkog života. Uveče smo napravili svečanu večeru, a nakon toga smo otišli u spavaću sobu. Po prvi put smo se jebali na novom, našem krevetu, i u novom stanu. Jebanje srećom nije bilo svečano. Dohvatili smo se divlje, požudno smo menjali poze i skakali jedno po drugom. Tucali smo se čitavo veče, dva puta sam svršio s njom.

A onda, pred drugo svršavanje, setio sam se nove komšinice. U ruci sam držao kurac kog sam tek izvadio iz svoje devojke, drkao sam ga iznad nje i dok me je ona posmatrala, video sam lik plavuše. Ne samo što sam se odlično setio njenog izgleda, nego sam je zamislio kako svršava. Zatvorio sam oči i prskao spermom svoju devojku dok sam maštao o komšinici. Nisam mogao da prekinem tu sliku.

Čitavo veče nakon toga, sve dok nismo zaspali, osećao sam grižu savesti zbog toga. Pitao sam se šta nije u redu sa mnom. Tek sam se uselio sa devojkom koju volim, a svršavao sam misleći na drugu. Ali nisam mogao da prestanem da razmišljam o njoj. Želju mi je smanjivala samo pomisao da je ona sigurno sponzoruša. Bila je viša od mene, sigurno je imala 185 santimetara bez štikli, i izgledala je previše napucana da bi bila fina devojka. Mogao sam da se kladim da je njen tip za glavu niži od mene, i možda duplo stariji.

Sutradan sam ga upoznao i odmah shvatio koliko sam se prevario. Njen muškarac je bio naših godina, viši od nje. Bio je krupan, snažan i širokih leđa, obučen u poslovno odelo sa kravatom. Ni malo nije ličio na sponzora. Narednih dana saznao sam da su u braku, da oboje rade kao šefovi u nekim državnim firmama, i da je ona završila dva fakulteta. Malo sam se snuždio kad sam čuo to. Nekako sam se potajno nadao da je ona sponzoruša, i da ću je pre ili kasnije izjebati. Šanse za jebanje uspešne poslovne obrazovane žene, i još u ozbiljnoj vezi, izgledale su mi nikakve.

Ali bili su prijatni ljudi. Uvek bi se lepo pozdravili na hodniku, popričali sa nama i svaki put nas pozvali na kafu ili zajednički izlazak. Čak smo i razmenili brojeve telefona. Nikako nismo nalazili vreme za to. Moja žena je bila programer, kao i ja, ali ona je radila u firmi po čitav dan. Za razliku od mene, koji sam radio od kuće. Ona bi došla predveče umorna, svaki dan smo zajedno večerali, onda bismo malo prošetali ili gledali televiziju i uveče bismo se dohvatili u krevetu.

Još uvek sam mogao da je jebem svaki dan. Moja žena je bila dugokosa crnka, jebozovna do bola. Imala je široke kukove i dobro dupe, male sise sa lepim bradavicama. Ložila me je kao prvog dana. Bio sam zaljubljen i uvek napaljen za nju. Ali nismo se jebali onako često koliko sam to ja želeo. Ona je bila manje zainteresovana za seks. U početku sam sumnjao da ima nekog ljubavnika, a onda sam prihvatio da je to jednostavno tako. Nije joj se tucalo često kao meni. Možda je bila previše umorna, ili je samo imala manju potrebu.

Koliko god da sam je i dalje voleo, tad je u mojoj glavi postojala i komšinica. Fakultetski obrazovana šefica, nadrkana visoka plavuša, koja samo liči na sponzorušu.

Već nakon nekoliko dana primetio sam i zapamtio njen dnevni raspored. Radio sam u sobi za kompjuterom od jutra i sa svog mesta sam odlično mogao da čujem kad se otvaraju njihova ulazna vrata. Na posao je prvo odlazio on, ona je izlazila pola sata kasnije. Još jednom bi se vratila kući negde oko podneva, a onda ponovo odlazila na posao.

Naravno, od prvog dana kad sam je čuo kako izlazi, nakon zvuka zatvaranja vrata prilazio sam prozoru. Posmatrao sam je kako prilazi svojim kolima, otključava vrata i ulazi unutra. To mi je bio dnevni ritual. Ubrzo je došlo do toga da mi se kurac dizao čim sam čuo zvuk njenih vrata. Uslovni refleks. Svakoga dana, ujutru i u podne, stajao sam pored prozora spuštenih pantalona i držao kurac u ruci dok sam je gledao. Nekad bih samo prelazio dlanom preko njega, a onda se vraćao poslu nakon što bi ona otišla, a nekad sam ga baš izdrkao dok sam napaljeno zurio u nju.

Nije trebalo puno vremena da bi me primetila. Ne znam ni kako sam mislio da se sakrijem. Obično bi telefonirala u hodu, dok je prilazila kolima, ali kad bi sela u njih, bilo je potrebno da samo malo podigne pogled da bi me videla. Kad se to prvi put desilo, nisam bio siguran da me je primetila. Nisam se pomerao, bilo je kasno za to. Sedela je na svom mestu, spustila telefon u stranu i nagnula se napred. Činilo mi se da se osmehuje, ali nisam bio siguran.

Već sutradan, učinilo mi se da se ponašala drugačije. I dalje nisam bio siguran da me je videla prethodnog dana, ali hodala je nekako sporije ka kolima. Više je vrckala svojim zategnutim dupetom i izgledala kao da povremeno krišom baca poglede na moj prozor. Nisam znao da li je bila svesna da je gledam s prozora, ali nisam puno razmišljao o tome. Bio sam previše zaokupljen drkanjem i zadovoljan što imam šansu da je bolje vidim.

Tih dana smo po prvi put izašli zajedno. Na moju inicijativu, naravno. Bila je subota, i nije bilo opravdanja da nemamo vremena. Nazvao sam njenog muža koji je oduševljeno prihvatio poziv. Izašli smo u neki miran kafić i pričali. Ništa posebno. Bili su odlični ljudi. Prijatni i divni. Imalo je o čemu da se priča sa njima, slušali smo istu muziku, a imali smo i sličan smisao za humor. Skoro da me je bilo sramota što sam se ložio na njegovu devojku. Zapravo, bilo me je sramota samo dok sam pričao s njim. Jedan pogled na nju je svaki put učinio da takav stid nestane. Ali trudio sam se da je ne gledam previše. Toliko me je ložila da sam se plašio da to ne primete.

I devojke su se zbližile. Nakon pet minuta, ćaskale su kao najbolje drugarice. Našle su svoje teme i kikotale se čitavo veče. U jednom trenutku su ustale, i zajedno otišle u wc. Okrenuli smo se za njima. Maja je imala crne uske pantalone koje je često nosila jer se pogrešno tripovala da ima veliko dupe. Pa je mislila da ga sakrije bojom.

Ali nisam gledao u nju. Gledao sam u dupe komšinice, i njene duge noge koje sam iz daljine gledao svakog dana, po dva puta. Nosila je neke roze helanke, čizmice i belu jaknu.

Komšija se okrenuo ka meni. Očigledno je on gledao moju devojku.

”Dobra ti je riba”

Osmehivao se nekako nestašno. Zbunjeno sam otpio gutljaj soka.

”Hvala”

I dalje me je gledao. Valjda je očekivao da mu uzvratim kompliment. Nisam se usuđivao. Previše sam se ložio na nju, i plašio sam se da to ne provali ako mu bilo šta kažem o njoj. Osim toga, situacija mi je ličila na početak svingerske avanture, a to nikako nisam želeo. Koliko god da sam hteo da mu tucam ženu, nije mi padalo na pamet da mu dajem svoju.

Skrenuo sam priču na nešto drugo, malo smo ćaskali, ali komšija nije odustajao. Sačekao je prvu pauzu u razgovoru, a onda se ponovo osmehnuo na isti način.

”Jel ti se sviđa moja žena?”

Gledao sam ga nekoliko trenutaka. Šta sam mogao da mu kažem? Nasmejao sam se, a i on za mnom. Odgovor je bio jasan, kome se ona ne bi sviđala. Smeh je prestao nakon nekoliko trenutaka, a on je nastavio ozbiljnim glasom.

”Jel bi je jebao?”

Pogledao sam ga i shvatio da je ozbiljan. Znači, bio sam u pravu, mislio sam, komšije su mi svingeri. Dok sam razmišljao kako da ga odbijem, devojke su se vratile i spasile me neugodnosti.

Čim smo se kasnije rastali ispred vrata i ušli u stan, dohvatio sam svoju devojku i poljubio je. Skinuo sam joj pantalone, okrenuo je i odmah je naguzio pored vrata. Znao sam da ponovo nije bila napaljena, ali pustila me je da je tucam. Jebao sam je tu neko vreme dok me ona nije dovukla u našu sobu. Dok sam je guzio te večeri, maštao sam o tome kako su obe u sobi, i kako ih jebem jednu pored druge.

Sutradan je bila nedelja. Ustali smo kasnije i zajedno doručkovali. Maja je rekla da će da ide kod drugarice i da će nakon toga ona svratiti u prodavnicu. Muvao sam se po kući kad je otišla, pitajući se šta da radim. Još uvek sam bio u boksericama kad sam začuo vrata susednog stana. Nisam znao ko je to od njih dvoje, ali po navici sam prišao prozoru. Po prvi put sam uzeo mobilni telefon. Poželeo sam da je snimim, da možda zumiram i tako konačno vidim da li me je primetila.

Bila je ona. Dugačkim koracima gazila je svojim lepim nogama ka kolima. Išla je polako i njihala bedrima zavodljivo. Nosila je neke sive čizmice, bele helanke i belu majcu koja joj je jedva prekrivala pola stomaka. Činilo mi se da nije nosila brus. Ravna plava kosa je slobodno talasala na vetru. U ruci je po običaju držala telefon i pričala sa nekim.

Imao sam dobar zum na telefonu, uspeo sam da vidim da je oko struka imala tanki zlatni lančić. Počeo sam da je snimam čim sam je video, u isto vreme kad sam u drugu ruku uzeo kurac. Polako je stigla do svojih kola i po prvi put nije odmah ušla u njih. Naslonila se na haubu dok je i dalje pričala. Okrenula mi je profil, zadubljena u razgovor, i isprsila grudi, kao da je želela da se protegli. Njene sise su mi izgledale i veće nego što su bile. Zastenjao sam kad sam video to. Zurio sam u njen uzan struk, isturene grudi i dugačak vrat.

Onda je odjednom ponovo okrenula glavu napred. Tog puta, njene oči su zurile pravo u mene. Gledala me je i smeškala mi se, to sam lepo mogao da vidim na ekranu mobilnog. Ruka mi se zatresla na trenutak kad sam to primetio. Ali nisam se pomerio, bilo bi to glupo, time bih priznao da sam nešto loše radio. Ona me je samo videla na prozoru, i nije mogla vidi da mi je kurac dignut zbog nje, niti je mogla da zna šta radim sa rukom na njemu.

Ruka mi je sama počela da se pomera po kurcu dok smo se nekoliko trenutaka posmatrali. Onda se ona okrenula. Stavila je jedan dlan na haubu, a onda se naslonila na nju. I dalje držala telefon pored uva. Naguzila se i okrenula dupe ka meni. Nisam mogao da verujem šta vidim. Znala je da je posmatram, a ipak je pravila šou za mene. Po prvi put sam pomislio da verovatno folira da telefonira. Mobilni u ruci joj je samo bio opravdanje da stoji sama na parkingu.

Ruka mi se pomerala brže, počeo sam da drkam. Stenjao sam uzbuđeno pored prozora dok sam na mobilnom gledao u njeno telo. Napaljeno sam pomislio kako hoću da joj pošaljem snimak, i kako hoću da vidi da sam drkao na nju. Spustio sam mobilni nekoliko puta, snimao kurac u krupnom planu, a onda ga ponovo podizao ka njoj i snimao kako se guzila na parkingu za mene. Bio sam sve bliži vrhuncu, pitao sam se samo da li će neko primetiti ako budem prskao spermu sa prozora na travu.

Onda sam odjednom začuo otvaranje ulaznih vrata. Brzo sam podigao gaće, spustio majcu i nadao se da ću tako sakriti erekciju. Maja nije našla drugaricu kod kuće. Ulazila je u stan sa gomilom kesa u ruci. Brzo sam joj prišao, uzeo kese i sve ih stavio na sto u kuhinji. Ona mi je nešto pričala dok je vadila namirnice iz njih, ali odmah sam se sklonio od nje. Nisam znao kako da objasnim napaljenost.

Ponovo sam ušao u sobu i krišom prišao prozoru. Plavuša više nije bila tamo. Ali kola su joj i dalje bila tu. Shvatio sam da ne samo što je svo vreme znala da je posmatram svakog dana, nego je tog jutra izašla na parking samo zbog mene, samo da bi meni napravila predstavu. Još uvek sam bio uzbuđen. Ponovo sam uzeo mobilni i bez mnogo oklevanja poslao joj snimak mog drkanja na nju. Želeo sam da vidi koliko me je napalila, i da zna da nisam samo stajao na prozoru.

Dok sam se spremao da odem u kupatilo i tamo izdrkam, Maja me je pozvala u kuhinju. Mislio sam da joj treba pomoć oko nečega, ali ona je samo sedela na stolici i prstom me pozivala da joj priđem.

Prišao sam joj i gledao kako mi zavlači ruku u bokserice.

"Jel sam ti nedostajala?"

Nije čekala odgovor. Uzela je kurac u ruku, nagnula se napred i obuhvatila ga usnama. Svršio sam za manje od minut. Nabila je glavu na mene, uzela ga čitavog u usta i strpljivo sačekala da se potpuno izlijem u nju. Kad sam završio, još nekoliko puta je usnama prešla čitavom njegovom dužinom, a onda ga je izvadila iz sebe. Pogledala me je i ustala.

"Hvala, trebalo mi je ovo. Nisam doručkovala"

Nasmejala se nestašno i okrenula.

"Pravim ručak, slobodan si do podneva"

Istog trenutka nakon što sam svršio, osetio sam ogromnu grižu savesti. Bilo me je stid što sam poslao onaj snimak. Bilo je kasno da ga brišem, već ga je bila videla. Mala uteha mi je bila to što se ona nameštala za mene. Pravdao sam se i time što sam znao kakav sam kad sam napaljen. Kad mi se kurac digne, mozak mi se automatski isključuje. Nadao sam se samo da neće pokazati snimak svom mužu.

Sutradan nisam izašao na prozor, kao ni narednih dana. Čuo sam je kad je izlazila iz stana, ali me je bio blam da se pojavljujem. Samo sam čekao da prođe vreme i verovao da će se taj snimak zaboraviti.

Prošlo je nekoliko dana od toga, kad mi je stigla poruka na vajber od nje. Sedeo sam za stolom i blejao po internetu, dok je Maja spremala večeru. Začudio sam se kad sam video da je to snimak. Još više sam se začudio kad sam shvatio da je to snimak kojeg sam ja njoj poslao. Gledao sam svoj kurac na ekranu mobilnog, i pitao se zbog čega mi ona šalje to.

A onda se slika smanjila. Ona je sa jednog mobilnog snimala drugi mobilni na kome je bio moj snimak drkanja. Video sam da je taj mobilni stajao na nekom stočiću i kad se slika dovoljno udaljila, mogao sam da vidim njene duge, duge noge. Stajala je pored stočića u belim cipelicama i gledala kako drkam na nju. Trebalo mi je nekoliko trenutaka da bih shvatio da su joj noge bile gole.

Kad je još malo udaljila mobilni, u prvom planu sam odjednom video njenu pičku. Bila je glatka, sveže obrijana i potpuno mokra. Njeni dugi prsti sa dugim nalakiranim noktima brzo su prelazili preko nje. Utišao sam zvuk, ustao i zatvorio vrata a onda ponovo seo. Kurac mi je već bio dignut. Komšinica je brzo drkala dok je gledala moj snimak, lupala je dlanom po pički a onda ponovo trljala klitoris vlažnim prstima. Slušao sam je kako je tiho stenjala i osećao kako mi se snažna želja za njom ponovo javlja.

Nisam stigao da odgledam snimak do kraja, večera je bila gotova. Trudio sam se da se ponašam normalno, ali svo vreme sam razmišljao o komšinici. Pitao sam se kako je moguće da se loži na mene kad mi to nikad nije pokazala, i kako je moguće da se loži toliko da mi čak pošalje onakav snimak.

Jedva sam dočekao da dođe vreme za spavanje. Rekao sam devojci da ću ostati još malo na kompjuteru. Ona je morala da legne jer je ujutru radila. Mislio sam da iskoristim priliku da na miru odgledam snimak, odem u kupatilo i polako uz uživanje izdrkam. Ali taman dok sam čekao da mi devojka zaspi, stigla je nova poruka od komšinice. Pisalo je – ”Izađi u hodnik kad budeš mogao”.

Pogledao sam na sat. Bila je skoro ponoć. Sačekao sam još desetak minuta, video ugašeno svetlo u našoj sobi, a onda sam ušao i prišao vratima. Pitao sam se šta je značio onaj poziv. Malo sam osluškivao zvuke iz hodnika, a onda tiho otključao vrata i izašao napolje.

U hodniku je bio polumrak, kad sam zatvorio vrata za sobom, jedino svetlo dolazilo je iz malog svetlarnika iza stepenica. Zurio sam na drugu stranu hodnika, prema stanu komšija, ali trebalo je nekoliko trenutaka da bi mi se oči navikle. Skoro sam se trgnuo kad sam je video. Čekala me je. Stajala je nepomično, naslonjena na zid ispred svojih vrata i gledala u mom pravcu. Polako sam po mraku krenuo ka njoj, i usput se pitao šta ću da uradim kad tamo stignem. Nije mi se baš često dešavalo da me prelepa jebozovna komšinica zove u hodnik u pola noći.

Stajali smo nepomično jedno ispred drugog nekoliko dugih sekundi. Video sam da je bila obučena u bade mantil. Disala je ubrzano dok me je gledala. Onda sam osetio njen dlan na sebi, uhvatila me je za kurac i prstima ga stezala. Dahtala je glasno dok je to radila. Drugom rukom mi je uhvatila trenerku i povukla je dole. Glasno je zastenjala kad ga je uzela u dlan, prošaptala je drhavim glasom.

"Jebi me komšija"

Jednim pokretom raširila je mantil i otkrila svoje golo telo. Zurio sam u nju i pokušavao da vidim što više u polumraku. Nije imala baš ništa na sebi. Ruka mi je mahinalno krenula ka njenoj pički. Zavrtelo mi se u glavi kad sam osetio koliko je ovlažila. Nisam mogao da verujem da se toliko bila naložila na mene.

Odmah je raširila noge, uhvatila me za dupe i privukla sebi. Imao sam veliki kurac, ali bila je toliko viša od mene da nisam mogao čitav da uđem u nju. Morala je da malo savije kolena da bi se potpuno nabila na njega. Oslonila je laktove na moja ramena i zatvorenih očiju stenjala dok sam se brzo nabijao u nju. Svo vreme je šaputala i ponavljala "jebi me komšija".

Nisam dugo izdržao. Već sam bio napaljen, i nisam mogao da verujem da hoće da se jebe sa mnom. Izvadio sam ga pre svršavanja, hteo sam da ga izdrkam, ali pre nego što sam stigao da ga uhvatim rukom, komšinica ga je brzo obuhvatila butinama. Nastavio sam da ga pomeram po njenoj toploj i vlažnoj koži, prskao sam joj pičku i svršavao između butina. Stenjao sam tiho, da nas neko ne čuje, i lagano stezao njene velike sise koje su stajale ispred mog lica.

Polako sam ga izvukao i pogledao u njenom pravcu.

"Izvini"

Bio me je malo blam što sam tako brzo svršio. Sagnuo sam se, uhvatio trenerku i povukao je na gore. Ali nije želela da me pusti tek tako. Uhvatila me je za kurac i pogledala pogledom koji nije trpeo raspravu. Bila je napaljena, odlučna i spremna da ga primi još jednom. Prelazila je dlanom preko vlažnog tela kurca, a onda je kleknula ispred mene. Čučala je savijenih nogu sa stopalima na zemlji i uhvatila me je obema rukama za dupe. Osetio sam tople vlažne usne kako prelaze čitavom dužinom kurca. Kad ga je uzela u usta, zastenjao sam glasno. Spustio sam dlanove na njenu glavu i osećao kako raste u njenim ustima. Znao sam da ću je ponovo jebati ranije nego što sam mislio.

Iznenadilo me je svetlo koje je iznenada obasjalo hodnik. U trenutku se sve promenilo. Odjednom sam se osetio kao u nekom jeftinom porno filmu. Moja komšinica je prestala da mi puši. Polako je dlanom prelazila preko kurca i okrenula glavu. Osluškivala je da li je neko dolazio stepeništem. Onda je ustala, uhvatila me čvršće za kurac i povukla prema vratima svog stana. Nisam ni stigao da se pobunim, a već smo bili unutra.

Stajali smo u predsoblju. Oko nas je ponovo bio polumrak, ali ja sam nekako izgubio raspoloženje. Kao da me je ono svetlo u hodniku probudilo. Odjednom sam se setio svoje devojke, i pomislio na njenog muža. Ona me je gledala ćutke. Kao da je znala o čemu razmišljam.

”Sviđa mi se tvoj kurac. Hoću da me jebeš”

Šaputala mi je pored lica dok mi je drkala. Kurac mi je ponovo rastao u njenoj ruci, dok mi se raspoloženje vraćalo.

”Gde ti je muž?”

”Spava. On me ne jebe”

Odmaknula se od mene i naslonila na neki cipelarnik. Bio je previše nizak da bi sela na njega, pa se samo oslonila butinama i raširila noge preda mnom. Iza mojih leđa bila je soba, sa čijih prozora je dolazilo ulično svetlo. Lepo sam mogao da vidim njeno napaljeno lice, i pičku koja me je spremna čekala. Pa, kad je već muž ne jebe... Neko mora da odradi tu obavezu.

Prišao sam joj i ponovo ušao u nju. Nabio sam ga pohotno do kraja i čvrsto je zgrabio za sise. Zastenjala je previše glasno za tišinu predsoblja. Otvorila je oči nakon što je odjek prestao i ponovo prošaptala.

”Jebi me komšija”

Cipelarnik je lupao pod nama dok sam je tucao. Svaki put kad bih se nabio u nju, drvo bi zaškripalo i udarilo u zid. Bio sam ponovo jako napaljen, želeo sam da je razvalim od jebanja, ali nisam smeo. Učinilo mi se da iz sobe čujem disanje muža koji je spavao. Nisam znao da li mi se to samo učinilo, ali nisam hteo da rizikujem. Ona je prstima brzo prelazila preko pičke. Drugom rukom me je držala za potiljak.

”Brže, jebi me brže...”

Kad je videla da je i dalje nekako stidljivo jebem, okrenula se od mene i naslonila na zid. Raširila je noge, provukla ruku između butina i potražila dlanom kurac. Sama ga je nabila u sebe. Odmah sam počeo da je brzo guzim. Više nije bilo glasnih zvukova koji bi mi smetali. Stavio sam dlanove na njene velike sise, čvrsto ih stegnuo i nabijao se što sam brže mogao.

”Ohhhh, komšinice...”

Jebao sam je kao mašina dok je ona tiho svršavala. Savila je glavu i nekoliko puta udarila njome u zid dok sam je nabadao od pozadi. Nisam prekidao sa jebanjem ni kad je svršila. Samo nisam znao šta ću sa spermom. Planirao sam da joj isprskam dupe, to mi je nekako bilo najbezbednije. Gnječio sam joj sise i dahtao iza njenih leđa. Ona se uspravila, oslonila je obraz na zid i čekala da završim. Kad sam joj pustio sise, znala je da svršavam. Propela se na prste, izvadila ga iz sebe i brzo kleknula ispred mene.

Iznenadio sam se kad sam osetio njene usne na glaviću. Jedva sam se suzdržao da zastenjem glasno od zadovoljstva. Drkao sam brzo i punio joj usta spermom. Činilo mi se da odavno nisam imao toliko sperme za nekoga, potpuno me je iscedila.

Kad je ustala, pokrila je telo bade mantilom. Odjednom mi je ponovo izgledala nekako daleko, kao samo prva komšinica. Posmatrala me je ćutke u polumraku. Jedino što je odavalo da smo se upravo dobro izjebali, bilo je svetlucanje moje tečnosti na njenim usnama i bradi.

Otvorila mi je vrata bez reči. Nije ničim pokazala da je zadovoljna jebanjem, niti mi je nagovestila da ćemo to nekad ponoviti. U tišini sam izašao iz njenog stana i brzo prešao preko hodnika do svog.

Tek sutradan ujutru sam počeo da stvarno razmišljam o onome što se desilo. Ne samo što sam prevario svoju devojku koju sam voleo. Nego mi se činilo da sam prevario i svog prvog komšiju. I povrh svega, činilo mi se da komšinica nije bila zadovoljna. Toliko sam osećao krivicu, da sam ustao ranije i napravio doručak za Maju.

Ćaskali smo po običaju dok smo zajedno jeli. Sve je ličilo na obično jutro sve dok ona nije prekinula neobaveznu priču. Odgrizla je parče tosta a onda mi se zagledala u oči.

”Jeli... Jel bi jebao ti onu našu komšinicu?”

Umalo se nisam zagrcnuo.

”Koju komšinicu?”

I dalje me je gledala bez treptanja, ignorisala je moj pokušaj da se pravim blesav.

”Dobra je riba. Izgleda da se loži na tebe. Videla sam kako te gleda”

Nisam znao šta da kažem. Samo sam mislio kako je ženska intuicija čudo. Ili se možda prethodne noći probudila, i videla gde sam bio otišao?

Ona je i dalje bila samouverena.

”Ako budeš imao prilike, slobodno je jebi. Baš je dobra pička, i šteta da to propustiš”

Gledao sam je potpuno zapanjeno. Činilo mi se da dugo vremena nisam znao šta da kažem.

”A šta ako... ako bih je i jebao? Šta bi ti radila, šta bi rekla?”

”Rekla bih super. Samo mi se vrati. I zovite me nekad da vas gledam, to bi bilo lepo videti”

Ponovo nisam znao šta da kažem. Kad je ustala, nasmešila mi se, poljubila me u obraz i otišla na posao. Pomislio sam kako je ona savršeno kul. Bila je svesna da mi treba jebanje i mislila je da je bolje da se tucam s nekim ko me neće oteti od nje. Činilo mi se da joj je komšinica izgledala savršena za to. Šta god da je bio razlog, bilo mi je drago što sam to čuo. Više nisam osećao krivicu. Jedino što nisam znao je da li komšinica uopšte hoće da nastavi sa mnom.

Tog prepodneva sam se udubio u rad, trudeći se da skrenem misli. Ipak, stalno sam gledao u sat i jedva čekao podne i vreme da komšinica stigne kući. Malo pre toga, ustao sam i prišao prozoru. Ponovo sam je čekao, ali tad je sve nekako bilo drugačije. Bilo mi je glupo da stojim i drkam dok je gledam, kad sam prethodne noći bio u njoj i svršavao za nju. Samo sam stajao i posmatrao njena kola koja se parkiraju.

Izašla je obučena u uske farmerke i kratku jaknu. Napravila je nekoliko dugih koraka, a onda podigla pogled. Na kratko je osmotrila moj prozor, prošla rukom kroz kosu a onda laganim korakom nastavila prema zgradi. Gledao sam je dok mi nije nestala iz vidokruga, pa sam se vratio za svoj sto. Samo sam buljio u ekran, potpuno nesposoban da se koncentrišem. Nekoliko minuta kasnije, stigla mi je poruka. "Dođi". Samo to je pisalo.

Odmah sam skočio sa stolice. Činilo mi se da sam samo to čekao. Bio sam napaljen, želeo sam da odmah odjurim tamo, da se što pre ponovo zabijem u nju. Ali suzdržao sam se, sačekao sam minut-dva, vrteo se po predsoblju da prođe vreme. Da ne bi ispalo da sam bio jako željan njene pičke. Iako je to bilo istina.

Nisam zvonio na njena vrata, znao sam da je bila sama. Tiho sam ušao. Sa druge strane predsoblja, u sobi koja je prethodne noći bila mračna, bio je veliki prozor koji je gledao na parking. Ona je stajala naslonjena na njega, gledala je napolje meni okrenuta leđima. Nisam znao da li me je čula. Polako sam ušao u sobu i izvadio kurac u hodu. Zastao sam iza nje i posmatrao je nekoliko trenutaka.

Skinula je jaknu, i stajala na prozoru u kratkoj beloj majci na bretele. Nosila je čizmice, a ispod njenog golog struka bile su uske farmerke. Posmatrao sam njeno dupe zategnuto u beli teksas i lagano drkao iza nje.

Skoro sam se trgnuo kad je okrenula glavu ka meni. Pogledala me je i osmehnula se kad je videla da sam već izvadio kurac. Nije se pomerila. Prišao sam joj, naslonio kurac na njeno dupe i uhvatio je za sise. Ponovo je pogledala ispred sebe dok joj je kurac klizio preko dupeta. Pustila me je da malo uživam u tome, a onda je otkopčala pantalone. Odmaknuo sam se malo i posmatrao kako ih svlači. Za njima je svukla i gaćice, naguzila se ka meni i polako ih spuštala niz butine. Kad su pale do njenih članaka, pogledala me je.

Skinuo sam svoje pantalone a za njom i majcu. Video sam kako me je požudno gledala, i primetio kako je uzdrhtala kad me je videla potpuno golog. Nisam bio visok kao njen muž, ali bio sam prilično razvijen i znao da dobro izgledam. Zamahnuo sam kurcem u njenom pravcu, i krenuo ka njoj. Sačekala je da joj priđem, a onda se okrenula ka zavesi koja je stajala pored prozora. Povukla je ka nama. Dok sam tražio ulaz u nju, zavesa je već stajala ispred mene. Bila je prevučena preko njenog struka, i tako od komšija sakrila njeno golo dupe i mene koji sam stajao iza nje.

Okrenula se na kratko ka meni. Pogledala me iza zavese dok sam ga gurao u nju.

"Jel može ovako komšija?"

Samo sam se snažno nabio. Može, što da ne može komšijka. Lepo sam je video kroz zavesu, i zapravo mi je bilo drago što je pazila da nas neko ne vidi. Guzio sam je polako od pozadi. Nisam žurio, želeo sam da oboje uživamo. Ona se lagano njihala na prozoru, primala je kurac i posmatrala prolaznike. Mislio sam da bih mogao da je jebem čitavo popodne tako. Njen muž je dolazio tek predveče, kao i moja devojka.

Kad je njen telefon zazvonio, potpuno sam ga ignorisao. Mislio sam da nastavim da je jebem, ali ona se uspravila. Prepoznala je ton zvona.

"Izvini, ovo mi je muž"

Sagnula se, uzela telefon a onda ponovo zauzela istu pozu. Stajao sam iza nje kad se ona javila, ne znajući šta da radim. Bilo mi je glupo da nastavim da je jebem dok priča s mužem, kao nije fer i te fore... To razmišljanje je trajalo samo nekoliko sekundi, nije bilo šansi da izdržim. Čak sam ga namerno snažno zabio u nju, da joj izmamim uzdah.

Uhvatio sam je za struk i slušao šta priča dok sam je jebao.

"Ne, u stanu sam, mislim da se neću ni vraćati na posao. Nekako mi se ne ide, lepo mi je ovde. A osim toga, komšija mi je došao na kafu"

Zastao sam, iznenađen i pomalo uplašen. Što sad pominje mene? Osetila je da se kurac više ne pomera u njoj, pa se okrenula ka meni. Stavila je dlan na moje dupe i potapšala ga. Ponovo se okrenula napred kad sam nastavio da je jebem.

"Kako koji? Pa ovaj naš, prvi. Hoću, pozdraviću ga. Važi, dođi. Čekamo te"

Propali su moji planovi da je lagano i opušteno jebem čitavo popodne. Počeo sam da se pomeram brže u njoj, morao sam da svršim pre nego što on stigne. Okrenula se ka meni. Izgleda da je primetila da sam malo neraspoložen.

"Ma nema veze", osmehnula se, "bar ćemo zajedno popiti kafu"

Mislio sam da preskočim tu kafu. Znao sam da će odmah provaliti koliko sam napaljen. I ovako je bilo jako sumnjivo što sam došao na kafu kod njegove žene. Hteo sam da je izjebem na brzinu, a onda da još brže odjurim do svog stana. Stegnuo sam je za butine i snažno se nabijao u nju. Okrenula je glavu ka meni, gledala me je napaljeno i istovremeno se zadovoljno osmehivala, srećna što me vidi toliko uzbuđenog.

Činilo mi se da nije prošlo ni pet minuta kad se auto njenog muža parkirao ispred nas. Zastao sam dok sam ga gledao kako izlazi. Tek tad sam shvatio koliko sam oznojan. Stajao sam zadihan na prozoru, sakriven zavesom, sa kurcem duboko u njegovoj ženi. Stomak i grudi bili su mi mokri od znoja. Nije bilo šanse da ne provali šta smo radili.

Oboje smo ga gledali dok je kretao ka zgradi. Podigao je pogled, video svoju ženu na prozoru i mahnuo joj. Ona mu je veselo uzvratila dok sam ja i dalje stajao nepomičan u njoj. Muž je krenuo, a onda je zastao i nešto je upitao. Nije ga čula, pa je on ponovo viknuo.

Odjednom me je napalilo to što nije znao da se ona jebe, i to što sam mogao da je tucam pred njim. Počeo sam da se ponovo pomeram u njoj dok je pričala sa mužem. Počeo sam polako i pažljivo, da ne provali, a onda sam ubrzao. Nisam je štedeo. Čvrsto sam je držao za dupe i snažno nabijao na prozor. Video sam kako joj je telo poskakivalo, drmusalo se od udaraca mojih bedara dok je razgovarala sa njim. Možda je spolja ličilo da cupka dok sluša neku muziku.

Okrenula se ka meni kad je komšija nastavio put ka nama.

”E, moramo da prekinemo, sad će doći”

”Nema šanse”, odmahnuo sam glavom.

Odjednom je ona bila ta koja je počela da paniči, a ja sam bio smiren. Iako maksimalno napaljen.

Pokušala je da ustane, ali sam je ponovo gurnuo na prozor. Nisam je ranije video tako uznemirenu. Smirila se kad je shvatila da nemam nameru da prestanem.

”Nemoj samo da nas uhvati”, prošaputala je, ”Baciće nas oboje kroz prozor”

Već sam glasno stenjao iza nje. Provukao sam ruke kroz zavesu, i zgrabio je za sise. Nije me bilo briga da li neko vidi.

”Oh, komšinice...”

Okrenula se ka meni kad je shvatila da ću svršiti.

”Nemoj da ga vadiš”

Glasno sam zastenjao i nabio ga što sam dublje mogao u nju. Nisam se pomerao dok sam je punio, osećao sam kako se mlazovi sperme izlivaju negde duboko u njoj, dok sam drhtao u orgazmu. Zatvorenih očiju sam milovao njene sise. Činilo mi se da sam mogao satima da ostanem u njoj. Uspravila se čim je osetila da sam završio. Da me nije prekinula, čini mi se da se ne bih ni setio da treba da požurimo. Dlanom mi je gurnula bedra.

”Brzo”

Tek tad sam se trgnuo. Brzo smo podigli stvari sa poda. Navukao sam pantalone dok se ona već zakopčala. Držao sam majcu u ruci.

"Moram da idem"

Pogledala je moj oznojani torzo i klimnula glavom. I ona je znala da je bolje da me ne vidi takvog. Kad smo stigli do njenih vrata, začuo se zvuk otvaranja lifta. Pogledali smo se. Pokazala mi je na nešto iza mojih leđa"

"U kuhinju"

Odvela me je do tamo, ostavila, a onda se vratila u sobu. Osluškivao sam kako ulazi i kako se pozdravljaju. Odmah je pitao za mene. Čuo sam njen glas.

"Nije mogao da te sačeka, nešto mu je iskrslo"

"E šteta... Baš sam hteo da ga vidim"

"Možemo da ga pozovemo neki drugi put"

Nekoliko sekundi bila je tišina. Pogledao sam se. Pantalone mi nisu bile navučene do kraja. Kurac mi je bio potpuno vlažan od mojih i njenih sokova, držao sam ga u ruci i pazio da tečnost ne padne na pločice u kuhinji. Ponovo sam začuo njegov glas.

"Dođi ovde, sedi pored mene, što stojiš tamo?"

Osluškivao sam lagane korake u čizmicama, nakon čega je on nastavio.

"A otkud on na kafi? Jel si ga ti zvala ili se on ponudio?"

Knedla mi je zastala u grlu.

"Pa... Ja sam ga zvala. Bilo mi je dosadno, pa onako, samo na kafu..."

"Jel bi se tucala ti s njim?"

Nasmejala se nedužno.

"Ma šta ti pada na pamet"

"Ne ozbiljno te pitam, jel bi se jebala s njim?"

Čuo sam kako je uzdahnula.

"Pa... Bih, kad već pitaš, jebala bi se. Dobar je frajer, verovatno ima i veliki kurac"

"Jel ima?"

Ponovo njen smeh i mala pauza.

"Osmotrila sam krišom. Izgleda da ima"

”Znači, pustila bi da njegov kurac, ta kurčina, rovari po tvojoj lepoj pičkici?”

”Pustila bih naravno i pevala dok me tuca”

”A da prvo malo sa mnom, ono, a?”

Shvatio sam. Koliko god da je meni prijalo da čujem takvu priču, ona je samo bio njihov način da se nalože. Verovatno su tako pričali svakog dana, ili pred svako jebanje. Ubrzo sam začuo glasno dahtanje iz sobe. Slušao sam kako uzbuđeno stenju, zamišljao kako njegov kurac ulazi u pičku u koju sam svršio nekoliko minuta ranije. Znao sam da je njena pička još uvek bila puna moje sperme, i samo sam se pitao kad će on to da provali. I šta će se desiti kad bude shvatio.

Ali ništa se nije dešavalo. Nije prekidao i nije se bunio, činilo mi se da je jebao sa uživanjem. Promolio sam glavu iz kuhinje, nagnuo se napred i pogledao ka sobi.

Ona je bila na podu, nagužena pored kreveta na kog se oslanjala jednom rukom. On je bio iza nje. Sve je delovalo uobičajeno, osim što je ona bila potpuno obučena. Njene farmerke su bile zakopčane, a majca joj je i dalje prekrivala sise. On je držao za kukove, spuštenih pantalona, dok se njegov kurac brzo trljao o njeno dupe. Bio je malo manji od mene, i nije imao nikakav problem da prolazi čitavom njegovom dužinom. U neverici sam gledao tu scenu.

Komšinica je oslonila glavu na krevet, zavukla je ruku u gaćice i drkala zatvorenih očiju. Osetio sam kako mi kurac ponovo raste od pogleda na nju. Otvorila je oči, nekoliko trenutaka gledala kroz poluotvorene kapke, a onda ih je potpuno raširila kad me je videla. Drkala je malo brže dok me je gledala, a onda se brzo uspravila. Nešto mu je rekla, nisam čuo šta, pa je brzo došla do kuhinje.

Pribila me je uza zid čim mi se približila. Svukla je farmerke i prislonila se na mene.

”Jebi me”

Trljala se pičkom po mom kurcu, propela se na prste a onda se sama nabila na njega. Spustila je glavu ka meni i ljubila me. Njena pička je brzo klizila niz moj kurac. Istovremeno je i prstima trljala klitoris. Onda je tiho zajecala, zabacila glavu i zadrhtala. Zagrlio sam je i osetio kako joj se čitavo telo trese.

"Oh komšija... obožavam tvoj kurac"

Kad je završila, ponovo je navukla farmerke i požurila nazad u sobu. Nisam više virio kroz vrata. Sačekao sam da komšija svrši, a to se i desilo nakon nekoliko minuta. Kad je otišao ka kupatilu, komšinica se ponovo pojavila na vratima kuhinje. Shvatio sam da bi to bio pogodan trenutak da me isprati kući, a to nisam želeo. Posmatrali smo se nekoliko trenutaka, kao da smo se oboje pitali šta onaj drugi želi. Moj kurac je bio dignut, i nisam bio raspoložen da idem kući bez novog jebanja. Izgleda da ni ona nije bila raspoložena da se rastajemo.

Prišla mi je, otkopčala mi šlic, a onda me je povela do kuhinjskog stola. Setio sam se komšije.

"A tvoj muž?"

"Otišao je na tuširanje, pa na spavanje. Neće se skoro pojavljivati"

Izula je čizme i potpuno skinula farmerke. Onda je kleknula, povukla mi pantalone dole i malo mi pušila dok ih je svlačila. Ustala je i svukla gaćice. Stopalom ih je odbacila preko mojih pantalona. Popela se na sto i raširila noge preda mnom. Posmatrao sam je dok je polako milovala pičku. Imala je lepe i vlažne usmine, skoro obrijane. I unutrašnjost butina joj je bila mokra. Znao sam da je i moja sperma bila deo te tečnosti. Nije bilo puno vremena od našeg prethodnog jebanja.

Prišao sam joj i gurnuo ga u nju. Činilo mi se kao da smo već stari znanci. Prijala mi je i ona i njena pička, prijalo mi je u njoj i pored nje. Oslonila se jednom rukom na sto dok sam je jebao, a drugom me je držala za potiljak. Dahtao sam tiho, pazeći da nas njen muž ne čuje.

Onda sam začuo korake. Prekasno.

"Šta radite vas dvoje?!"

Okrenuo sam glavu ka vratima. Njen muž nas je besno gledao. Izgledao mi je još mnogo viši i snažniji nego što mi se ranije činilo.

Zaustio sam da kažem nešto u svoju odbranu, ali nisam imao šta. On je nastavio da besno viče.

”Jel si ti normalan? Šta radiš sa mojom ženom?!”

Spustio sam glavu i očekivao najgore. Kurac mi je još uvek bio u njegovoj ženi, nisam znao šta da radim. Nisam smeo da ga vadim a nisam mogao ni da ostanem u njoj. Onda sam je pogledao. Spustila je glavu i jedva suzdržavala osmeh. Ponovo sam pogledao komšiju koji mi se široko osmehivao. Njih dvoje su razmenili poglede, kad je on ponovo progovorio.

”Al sam ga uplašio, vidi ga”

Oboje su me pogledali i nasmejali se. Srce mi je divlje lupalo, ništa mi nije bilo jasno. Komšija mi je prišao i lupio po miški.

”Opusti se, zezam se. Jel sam te lepo pitao jel hoćeš da je jebeš? Mogao si i ranije, da si samo rekao da hoćeš”

Ćutao sam, i dalje potpuno zbunjen. Ponovo me je prijateljski potapšao po ruci, a onda se okrenuo ka svojoj ženi. Popravljao je kravatu dok su pričali.

”Moram ipak ponovo na posao”

”Dobro, vidimo se kasnije”

Bila je previše opuštena za ženu koja je pred mužem imala u sebi kurac drugog muškarca. Izgleda da nijednom od njih to nije smetalo. Ponovo se okrenuo ka nama. Malo je razmislio, pa se uhvatio za šlic. Pozvao je kažiprstom svoju ženu.

”Dođi ovamo”

Brzo je izvadila kurac iz sebe i skočila sa stola. Kleknula je ispred njega i kad je izvadio kurac uzela ga je u usta. Činilo mi se da je on time želeo nešto da mi kaže. Posmatrali smo je neko vreme dok mu je pušila, a onda je on podigao glavu ka meni.

”Možeš da je jebeš kad hoćeš, kad oboje hoćete, i koliko god hoćete. Samo nemoj ni jednog trenutka da zaboraviš da je ona moja žena, ne tvoja”

Progutao sam knedlu i klimnuo glavom. Izvadio je kurac iz njenih usta i vratio ga u pantalone.

”I nemoj da je štediš, voli ona kurac”

Okrenuo se ka vratima, još jednom mi se osmehnuo prijateljski, mahnuo, a onda otišao. Pogledao sam ka njoj. I dalje je klečala nepomično, kao da nije znala šta da mi kaže. Onda je uzdahnula i ustala.

”Rekla sam ti juče da me on ne jebe. Ne znam, kaže ne sviđa mu se, neki problem u glavi. Više voli kad mu pušim, voli da mu drkam i da se trlja o mene, ali pičku, to ne”

Srećom po mene, pomislio sam. Ćutali smo nekoliko trenutaka, a onda me je ona pozvala u sobu.

”Ajmo ovamo, hoću da me... ovde”

Pošao sam za njom u sobu i gledao kako se guzi i postavlja na isto ono mesto gde se ranije guzila pred mužem. S tom razlikom što je preda mnom bila gola. Drkao sam dok sam je gledao. Ponovo je bila obula čizmice, i to je bilo jedino što je imala na sebi. Čekala je da uđem u nju, a ja sam uživao u prizoru. Sve do juče ona mi je izgledala kao nedostižna prelepa komšinica, a sad sam uživao u tome što je ta nedostižna komšinica jedva čekala da primi moj kurac.

Izgleda da je ona drugačije doživela moje ćutanje. Okrenula se ka meni.

”Nadam se da ti ne smeta što moj muž zna za nas?”

”Dokle god on ne poželi da mi jebe devojku, ne smeta mi”

Znala je da se šalim. Ako ne jebe svoju ženu, zašto bi jebao moju? Bilo je to idealno za mene.

Kleknuo sam iza nje, pomilovao joj usmine glavićem, a onda ga gurnuo unutra. Oslonio sam ruke na njene kukove i počeo da je jebem. Malo se okrenula ka meni i pogledala me.

”Ako hoćeš, možeš obe da nas jebeš”

Gledala me je nekoliko trenutaka, očekujući neki odgovor. Onda je slegnula ramenima i ponovo se okrenula napred.

”Samo kažem”

Nisam ništa odgovarao, jer mi je to zvučalo toliko dobro, da su mi te njene reči dugo odzvanjale u glavi. I dalje sam se nabadao u nju, ali sam to radio nekako mehanički, dok sam razmišljao o tome što je rekla. Onda sam konačno progovorio.

”Ne bi ti smetalo?”

”Pa... Više bih volela da te ne delim. Ali moglo bi da bude zabavno, ponekad”

Setio sam se šta mi je Maja savetovala. Rekla mi je da slobodno mogu da jebem komšiluk. Uzeo sam mobilni u ruku kad sam se dovoljno ohrabrio. Uzdahnuo sam duboko i sačekao da se javi.

”Ćao. Samo da te pitam. Jel se sećaš kad si mi rekla, da ono, mogu da se družim sa našom komšinicom?”

Malo je razmislila, a onda sam začuo njen glas.

”U gužvi sam ovde nekoj, ne mogu da verujem da me zbog toga zoveš. Šta je bilo, pozvala te je na kafu?”

”Pa ne ono... samo pitam”

”Stvarno sam to mislila, što se mene tiče, ako možeš, slobodno je... ono”

Moj kurac je do tad nepomično stajao u komšinici. Počeo sam polako da ga pomeram u njoj dok sam smišljao da li da nastavim.

”Jel si sama?”

”Nisam”

”Ajde idi negde odakle možeš slobodno da pričaš. I zovi me na skajp”

Prekinuo sam vezu. Nekoliko trenutaka kasnije, zazvonila je skajp melodija. Uključio sam kameru i nasmešio joj se. Zvala je iz wc-a, video sam pločice i ogledalo iza nje. Delovala je pomalo zbunjeno dok je pokušavala da provali gde se nalazim.

”Ah, ti si to izgleda stvarno kod komšinice na kafi?”

Nisam razmišljao šta će ona da misli o tom pozivu. Bio sam previše napaljen, i želeo sam da ona vidi šta radim. Želeo sam da se pohvalim, kad mi je već dala dozvolu za nešto što je verovala da će se teško desiti.

Okrenuo sam kameru i uperio je dole. Pokazao sam joj svoj veliki kurac kako polako nestaje ispod komšinicine guze. Odjednom je raširila oči od iznenađenja, dlanom je prekrila otvorena usta. Pomerao sam kameru polako preko struka komšinice, sve do njene glave. Ona je dlanom prekrivala lice, ni ona nije bila očekivala takav poziv. Drugom rukom sam je uhvatio za kosu i okrenuo je ka kameri. Pogledala je prema mobilnom, posramljeno se nasmešila i mahnula mojoj devojci. Ona je nekoliko trenutaka nepomično posmatrala, već sam pomislio da se slika zamrzla. Onda je konačno progovorila.

”Jebote, pa vi niste normalni. Dobro je što si mi rekao da budem sama”

Oslobodio sam se kad sam video da joj ne smeta. Nastavio sam da jebem komšinicu dok sam to pokazivao devojci. Još uvek sam joj rukom držao kosu, da bi mogla bolje da je vidi. Ubrzo se opustila, počela je da stenje, a uzdahe sam začuo i iz mobilnog. Moja devojka nas je gledala kroz poluzatvorene kapke i brzo disala.

”Ladno ste me napalili. Čekajte me, sedam u taksi i odmah dolazim”

”A gužva na poslu?”

”Ma jebeš gužvu”

Prekinula je vezu. Nije bilo šanse da je čekam, ne znam ni da li je stvarno očekivala to. Komšinicina pička bila je topla i vlažna, čvrsto obavijena oko mog kurca, pozivala je da nastavim da je jebem. Guzio sam je polako, odugovlačio koliko sam mogao, ali ipak sam ubrzo bio blizu vrhunca. Komšinica se okrenula kad je osetila da je bedrima sve brže lupkam po dupetu.

”Nemoj da ga vadiš”

Kriknuo sam glasno od zadovoljstva dok sam svršavao. Pljesnuo sam je snažno po dupetu, dok mi se kurac brzo nabijao u nju. Još jednom sam zastenjao i nabio ga što sam dublje mogao. Pribio sam je čvrsto uz krevet i izlivao spermu duboko u njoj. Čvrsto sam joj stezao dupe dok sam osećao kako tečnost u mlazovima izlazi iz mene.

Nismo se pomerali nekoliko trenutaka nakon što sam izlio i poslednju kap. Ona je bila nagužena, oslonjena obrazom na krevet a ja sam bio iza nje, čvrsto pripijen uz njeno dupe. Setio sam se svoje devojke. Pitao sam se šta bi bilo kad bi tad ušla, kad bi nas tako zatekla. Pokušavao sam da zamislim njeno iznenađenje. Sigurno bi se odmah napalila od pogleda na njenog muža koji guzi lepu visoku plavušu. Dlanovima sam milovao komšinicine sise sve dok se ona nije uspravila. Okrenula se ka meni.

”Može kafica?”

Pet minuta kasnije, sedeli smo potpuno obučeni na krevetu. Ona se presvukla, obukla je nove gaćice, i preko njih navukla običnu usku pamučnu haljinu, koja je jedva dosegala do polovine njenih butina. Primetio sam da nije ni pokušala da se obriše, još uvek je bila vlažna između nogu. Mislim da joj je prijalo da oseti to. Pored muža koji nije ulazio u nju, sigurno joj je prijalo da oseti spermu. Zbog toga je i bila tražila da svršavam u nju.

Na stočiću ispred nas stajale su tri šoljice sa kafom. Ćaskali smo dok Maja nije uletela unutra. Nije ni pokušavala da zvoni, bilo bi bespotrebno. Zastala je na otvorenim vratima i gledala nas širom otvorenih očiju. Očigledno je očekivala je da vidi nastavak onog što je videla na skajpu. Izgledala je kao da je bila spremna na sve, nijedna poza u kojoj je mogla da nas zatekne joj ne bi bila čudna.

Osim one u kojoj nas je bila zatekla. Zbunila se kad nas je videla kako samo pričamo. Sve je ličilo na običan komšijski razgovor uz kafu. To nije očekivala.

”Izvini, zaboravila sam da pozvonim”

Polako je zatvarala vrata za sobom dok joj je komšinica već prilazila sa ispruženom rukom.

”Nema veze, ovde si uvek dobrodošla”

Sele su tako da sam bio između njih. Izgledali smo kao bilo koje komšije koji su se družili uz kafu. Pričali smo o komšiluku, običnim stvarima, ćaskali i smejali se. Sve je bilo normalno, osim što sam desetak minuta ranije svršio u komšinicu, i što je moja sperma joj uvek bila u njoj.

Primetio sam da je Maja pomalo zbunjena. Toliko sam se normalno ponašao sa komšinicom, da sam lepo mogao da primetim da Maja ima nedoumice. Mogao sam da se kladim da više nije ni bila sigurna da sam joj pokazao da sam tucao komšinicu. Verovatno se već bila pitala koja je druga devojka ili žena to mogla da bude.

Odlučio sam da je vreme da joj otklonim sve nedoumice. Okrenuo sam se ka njoj, pogledao je u oči a onda stavio dlan preko komšinicine butine. Na trenutak je raširila oči kad je to videla, a onda me je gledala pokušavajući da sakrije osmeh zadovoljstva. Video sam da joj je laknulo. Drugom rukom sam polako otkopčao šlic. Grickala je usnu dok je gledala kako vadim kurac. Bio je dignut, ali još uvek nije bio sasvim tvrd. Zagrlio sam je i povukao ka sebi.

Pogledala je na kratko ka komšinici koja je i dalje mirno sedela sa moje druge strane. Malo je pocrvenela, na trenutak je oklevala, a onda se sagnula ka meni. Obuhvatila je kurac prstima i stavila ga u usta. Ukrutio se čim ga je obuhvatila usnama. Zastenjao sam glasno. Moja devojka je još uvek bila moja omiljena pička. Pustio sam je da mi puši još malo, a onda sam je uhvatio za kosu i povukao.

Gledali smo se nekoliko trenutaka i poljubili dok mi je polako drkala. Okrenuo sam se ka komšinici. Jedan pogled na nju bio je dovoljan da se ohrabri. Sagnula se ka meni, uzela kurac u dlan i nabila glavu na njega. Usne su joj bile čvrsto obavijene oko tela kurca dok joj se glava polako pomerala u mom krilu.

Okrenuo sam se ka Maji. Širom raširenih očiju posmatrala je prizor pored sebe. Oba dlana stavila je preko otvorenih usta. Stavio sam dlan preko komšinicine glave, a drugom rukom sam i dalje držao Maju za potiljak. Privukao sam je sebi i poljubio. Onda sam je polako ponovo gurnuo ka svom krilu. Komšinica joj je prepustila kurac. Okrenula se ka meni i ljubila me dok mi je devojka pušila. Kad se ponovo spustila i uzela kurac, okrenuo sam se ka Maji. I dalje je oduševljeno posmatrala komšinicu. Primetio sam da je mogla da vidi samo njeno teme koje se ritmički pomeralo u mom krilu. Hteo sam da joj pružim potpuni doživljaj.

Povukao sam plavušu na gore i ustao sam. Odmah sam se okrenuo ka njoj. Uzeo sam kurac u ruku i prišao joj blizu. Oboje smo gledali u moju devojku. Vrpoljila se na krevetu dok je gledala kako moj veliki kurac polako prilazi licu komšinice. Plavuša joj se nestašno osmehivala. Kao da je htela nešto da uzme od Maje, a nije bila sigurna da li bi joj to smetalo. Zavodljivo je oblizala usne i sačekala da joj kurac priđe dovoljno blizu.

Poljubila ga je na kratko svojim sočnim usnama, a onda ih je spojila oko glavića. Ostala je na trenutak tako nepomično, kao da je želela da Maji pruži priliku da nas dobro osmotri i uživa. Onda je polako počela da nabija glavu na njega. Tople usne su klizile čitavom njegovom dužinom. Gutala ga je santimetar po santimetar, sve dok nisam osetio njen nos na svom stomaku. Spustio sam ruku na njen potiljak i zastenjao. Progutala ga je čitavog, a to nije bila mala stvar.

Otvorio sam oči i pogledao Maju. Već se bila sasvim oslobodila. Podigla je jedno stopalo sa poda, sedela je raširenih nogu okrenuta ka nama. Njen dlan je bio na bedrima, držala se za pičku i trljala je. Izgledala je napaljeno, posmatrala nas je kroz poluspuštene kapke i brzo disala kroz širom raširene usne. Uzbuđeno je dahtala kad je videla kako je plavuša potpuno progutala moj kurac, zatvorila je oči od uzbuđenja kad sam spustio ruku ka grudima komšinice, stenjala je glasno dok sam gnječio veliku sisu ispod haljine.

Kad je plavuša počela da se pomera i da mi puši kurac, Maja je podigla pogled ka meni i prošaptala.

"Jebi je. Hoću da vidim kako je jebeš"

Komšinica ga je izvadila iz usta i okrenula se ka njoj. Osmehnula se zadovoljno kad je videla koliko je bila napaljena. A onda se okrenula ka meni, kao da me je pitala kako hoću da je jebem. Uhvatio sam je ispod miške i povukao gore. Kad je ustala zadigao sam joj suknju. Gledala me je dok se polako milovala preko gaćica, a onda ih je svukla sa sebe i pustila ih da skliznu niz njene duge noge na pod.

Maja je glasno uzdahnula kad joj je videla pičku. Okrenuo sam komšinicu ka njoj, da je bolje vidi. Više nije mogla da izdrži, brzo je otkopčala svoje pantalone i još brže ih svukla sa sebe. Podigla je obe noge na krevet i raširila ih. Sklonila je gaćice sa svoje pičke i drkala je dok nas je gledala.

Stajali smo ispred nje. Uhvatio sam plavušu za pičku od pozadi, i nekoliko puta prešao prstima preko njenih vlažnih usmina. Oboje smo gledali u moju devojku. Komšinica je svukla haljinu sa svojih sisa, otkrila ih je i igrala se sa njima. Provukao sam kurac ispod nje, zavukao ga između njenih butina i trljao se između njih. Maja je sve glasnije stenjala.

”Jebi je... Odmah... Hoću da vidim to”

Komšinica je sklonila ruku sa sise. Uzela je kurac u dlan, malo se naguzila ka meni i gurnula ga u sebe. Jebao sam je polako pred svojom devojkom. Oslonila je dlanove na butine dok ga je primala. Stajala je na štiklama, blago savijenih kolena. Uhvatio sam je za bokove i pridržavao da ne padne dok sam ulazio u nju. Nesigurno se klatila na visokim potpeticama neko vreme, a onda je napravila korak napred ka krevetu. Kleknula je polako, dok je moj kurac još uvek bio u njoj, a onda se nagnula napred i naguzila, sa glavom između Majinih kolena.

Video sam da se Maja malo trgnula, nije bila navikla na takvu prisnost. Ali se već sledećeg trenutka opustila i nastavila da drka. Jebao sam plavušu od pozadi dok su njih dve razmenjivale poglede. Napaljeno su se gledali dok je vlažna Majina pička stajala spremna između njih. Plavuša je oslonila dlanove na Majine butine. Video sam kako se polako približila pički moje devojke.

Znao sam da nije bilo šanse da joj Maja dozvoli da joj priđe. Ali na moje iznenađenje, ona je spremno raširila noge pred njom. Stavila je ruku na plavušinu kosu, zatvorila oči i glasno zastenjala kad je osetila njen jezik na sebi. Bio sam oduševljen kad sam video to. Moja devojka je po prvi put dozvolila drugoj devojci da joj priđe. I izgleda da je uživala u tome.

Držao sam ruke na plavušinim sisama i brzo je jebao. Napalio me je pogled na Majino lice. Bila je u ekstazi, uživala pod jezikom naše komšinice, koja je uživala pod mojim kurcem. Nabijao sam komšinicu sve snažnije na svoju devojku, slušao je dok je glasno stenjala i gledao njeno lepo lice u orgazmu. Činilo mi se da sa mnom nikad tako jako nije svršila.

Otvorila je oči i pogledala me kad je orgazam prošao. Ležala je opušteno, naslonjena na krevet. Njen dlan je još uvek bio u kosi komšinice koja joj je i dalje polako lizala pičku. Skinuo sam majcu sa sebe i pustio je da gleda moj oznojani torzo. Zadihano sam se nabijao u komšinicu dok sam gledao u Maju. Želeo sam da ih obe isprskam.

Kad sam ga izvadio, komšinica se okrenula ka meni. Maja je sišla sa kreveta i kleknula pored plavuše. Približile su mi se i podigle lica gore. Gledale su me dok sam drkao i čekale na spermu. Maja je uzela kurac u dlan i nastavila da mi drka. Stavio sam dlanove na njihove obraze i posmatrao njihova lepa lica koja su čekala. Maja me je mirno gledala, a komšinica je oblizivala usne i pohotno me gledala.

Prvi mlaz sperme je udario u Majino lice, skoro se trgnula od iznenađenja. Onda je okrenula kurac ka komšinici i pustila da sledeća tura semena završi na njenom licu. Drkala mi je brzo i raspoređivala spermu između njih dve. Gledao sam kako moja bela tečnost zaliva njihova uzbuđena lica i uživao u tome.

Tek kad sam završio, primetio sam da komšinica još uvek nije svršila. Klečala je ispod mene i brzo drkala pičku. Njene velike sise su se tresle dok me je posmatrala. Gurnuo sam svoj vlažan kurac u njena usta. Kao da je samo na to čekala. Progutala ga je, zatvorila oči i počela da svršava. Mumlala je sa kurcem između usana i tresla se u orgazmu. Milovao sam je i posmatrao kako moja sperma podrhtava na njenom licu.

Kad je završila, otvorila je oči i pogledala me. Izvadila je kurac iz usta i prelazila njime preko usana dok mi se smeškala.

"Ovo je bilo dobro"

Pustila je kurac i okrenula se ka mojoj devojci. Posmatrala je nekoliko trenutaka, malo je oklevala, a onda joj se približila. Spojila je svoje usne sa njenim i poljubila je. Maja je izgledala kao da to radi svaki dan. Spremno je dočekala njene usne i uzvratila joj poljubac. Posmatrao sam njihova svetlucava lica i vlažne usne dok su se ljubile. U njihovim ustima je još uvek bilo moje sperme, razmenjivale su je svojim jezicima sa kojih se slivala bela gusta tečnost. Sperma je curila niz njihove brade. Coktale su, mljackale i izgledale kao da uživaju.

Ponovo smo seli na krevet, kao na početku. Ispred nas na stočiću i dalje su stajale šoljice dopola ispijene kafe. Nismo se oblačili. Maja je bila gola ispod pojasa, a komšinica i ja smo bili potpuno goli, njoj je samo savijena haljina stajala obavijena oko struka. One se nisu ni brisale, njihova lica bila su još uvek ulepljena plodom naše strasti. Ćutali smo dok sam svoje dlanove držao opušteno preko njihovih vlažnih pičaka.

Komšinica se malo nagnula napred i pogledala nas.

"Oćete vas dvoje da se jebete? Mogla bih i ja malo da gledam"

"Volela bi to, a?"

"Maja je baš dobra pička, baš bih volela da vidim kako se jebe"

Oboje smo se okrenuli ka njoj. Video sam da joj je bilo teško da smisli reči. Pomilovao sam joj pičku.

"Oćemo da se jebemo?"

Maja je gledala u komšinicu.

"Meni nekako... Mi se volimo i sve to, ali ne treba mi seks baš tako često"

To je bio prvi put da mi je to direktno rekla. Iako sam to bio naslućivao, nikad nisamo pričali o tome.

Komšinica me je pogledala. Znao sam da se setila svog muža, i da je pomislila kako su njih dvoje isti. Ali ništa nije rekla. Pre nego što bi joj palo na pamet da bi njih dvoje trebalo spojiti, progovorio sam.

"Moja devojka meni daje da je jebem svakog državnog praznika, i prve subote u mesecu, ponekad"

Lupila me je po butini.

"Ma daj, nije baš tako. Osim toga, popušim ti kad god to tražiš"

Poljubio sam je.

"Volim ja svoju ženu"

Sedeli smo još neko vreme u tišini. Primetio sam da je komšinica nervozno grickala usnu. Već sam znao šta je htela da pita. Malo je oklevala, pa je pogledala ka Maji.

"Znači onda... Tebi ne smeta? Mislim... Mi možemo?"

"Šta?"

Maja se po običaju pravila nevešta. Želela je da čuje te reči od nje.

"Pa ono... Ako ti nećeš da se jebeš, jel može on mene da jebe? Onako, bar za državne praznike?"

Maja se nasmejala, zadovoljna.

"Može naravno. Jebite se kad hoćete. Samo me pozovite ponekad. Ovo danas, baš sam uživala. Mogli bismo to da ponovimo"

Komšinica i ja razmenili smo poglede olakšanja i razumevanja. Od tad smo maksimalno koristili dozvole koje smo dobili od svojih partnera. Maja i njen muž su ganjali svoje karijere i povremeno razmenjivali nešto strasti sa nama. Komšinica i ja smo se jebali svakog dana. Tucali smo se gde smo stigli i kad god smo mogli. Jebali smo se u našem ili njenom stanu, bilo je potpuno svejedno. Povremeno bismo pozivali naše partnere da nas gledaju, ali oni uglavnom nisu imali vremena za to, pa smo se jebali sami. I naše veze su postale snažnije, Maja i ja smo počeli da planiramo venčanje. Bili smo dva idealna para, u kome je svako dobijao ono što je želeo.

Also by Višnja Savić

Povratak u školu
Magični lift
Čitateljka
Beogradski harem
Između komšija
Klinac iz komšiluka
Tri komšinice
Priče
Strast u doba korone
Ljubavnik po zadatku
Beogradski harem - početak